O orangotango marxista

Marcelo Rubens Paiva

O orangotango marxista

ALFAGUARA

Copyright © 2018 by Marcelo Rubens Paiva

Grafia atualizada segundo o Acordo Ortográfico da Língua Portuguesa de 1990, que entrou em vigor no Brasil em 2009.

Capa
Alceu Chiesorin Nunes

Ilustração de capa
Luciano Feijão

Preparação
Fernanda Villa Nova

Revisão
Huendel Viana
Adriana Bairrada

Os personagens e as situações desta obra são reais apenas no universo da ficção; não se referem a pessoas e fatos concretos, e não emitem opinião sobre eles.

Dados Internacionais de Catalogação na Publicação (CIP)
(Câmara Brasileira do Livro, SP, Brasil)

Paiva, Marcelo Rubens
  O orangotango marxista / Marcelo Rubens Paiva.
– 1ª ed. – Rio de Janeiro : Alfaguara, 2018.

  ISBN: 978-85-5652-065-4

  1. Ficção brasileira I. Título.

18-13633   CDD-869.3

Índice para catálogo sistemático:
1. Ficção : Literatura brasileira 869.3

[2018]
Todos os direitos desta edição reservados à
EDITORA SCHWARCZ S.A.
Praça Floriano, 19, sala 3001 — Cinelândia
20031-050 — Rio de Janeiro — RJ
Telefone: (21) 3993-7510
www.companhiadasletras.com.br
www.blogdacompanhia.com.br
facebook.com/alfaguara.br
instagram.com/editora_alfaguara
twitter.com/alfaguara_br

O orangotango marxista

Introdução — Do plano elaborado através da leitura e observação de um revolucionário em potencial com tempo livre da rotina de uma pequena cidade agrícola, rica e pacata, do oeste do estado

Antes era o nada e o tempo, tempo de sobra. Sempre tivemos o tempo. Agora, não temos tempo a perder. Se o mundo acabar, o que é evidente, podemos voltar ao nada, ao tempo de sobra.

E só o tempo sobreviverá no Espaço sem vida.

Imagine um poema sem leitor, uma música sem ouvinte, uma pintura sem luz, o sexo sem corpos, um gato sem rabo. O Universo se criou e precisava de testemunhas para estudar e admirar tamanha beleza e fúria. A Terra se criou e precisava de testemunhas para ver a composição das estrelas, o capricho dos oceanos, da paisagem, da vida. O homem foi escolhido como aquele que conseguiria ter consciência para ser o pesquisador e espectador. E eternizar em poemas, músicas e pinturas os feitos da natureza. Ou de Deus.

Porém, ao adquirir inteligência, o homem aprendeu também a destruir, como alguém que nega seu criador. Por que aos homens, essa espécie deprimente, foi dada a missão de pesquisar, observar e procurar entender o Universo e a vida? Por que a Terra criou a vida e a sua ameaça, a espécie deprimente?

No final dos tempos, só o tempo sobreviverá.

"Vai, trovão, achata para sempre a redondeza do planeta, quebra os moldes da natureza, arrasa de uma vez por todas as sementes que deram na ingrata humanidade", bradou rei Lear.

A humanidade é uma coisa horrorosa, sabia Shakespeare.

Vista de perto ou de longe, a violência, a fúria e o pior. Como um ser que não se sente parte dela, meus testemunhos e conselhos deveriam ser levados em conta, se um dia pudessem ser escritos e lidos.

Preste atenção: a humanidade é uma coisa horrorosa, mas tem conserto. Pode(mos) lutar para consertar. Porque a humanidade, como a história, não é estática, ela se transforma, ela devém.

É preciso destruir as formas e os moldes para construir.

Comecei a esboçar meu plano depois de ler *Batman*. Ele, como eu, ficou órfão, viu os pais serem impiedosamente mortos na infância por um pária social, quis vingança. Como eu, encontrou formas de voar na escuridão sobre a cidade. Como eu, não acreditava no sistema que a organizava, não acreditava na polícia, não acreditava que a justiça prevaleceria através do tempo, da história, sem a ação dos seus punhos e a maleabilidade da sua capa aerodinâmica.

Batman nunca usou armas, como eu.

Batman se tornou um justiceiro solitário, o Cavaleiro das Trevas. Ele sabia que, para consertar o mundo, precisava agir e combater o crime com sua força física, seu *legging fitness* noventa por cento de poliéster, dez por cento de elastano, e tecnologia, um supercomputador, um supercarro, uma supermotoca, muita grana, um baita mordomo e um cinto de mil e uma utilidades.

Foi meu ídolo por anos.

Existe uma sordidez em Batman que existiu em toda a minha infância, que só percebi e questionei quando entrei na adolescência, época em que a ingenuidade e o desconhecimento se somam a um corpo que só pensa em copular. Resultam num ser paralisado pela novidade hormonal, espanto e passividade. Ou inconsequência.

Mais velho, percebi quem era meu inimigo, o que estava errado na minha vida e por que me transformei no prisioneiro de uma existência sem o menor sentido. Corrigi o rumo a caminho do egoísmo e me tornei marxista.

As ideias de Kant, Hegel e Marx deram numa teoria em que o homem, a história, estava determinado a mudar. Seus pensamentos se tornaram a ideologia de um povo, um Estado, se tornaram palavras de ordem: luta. Poucos filósofos conseguiram a façanha de mobilizar tantos em torno de um manifesto e uma bandeira vermelha para, unidos, mudarem o mundo.

A realidade é criada pela vontade dos homens, portanto, se a realidade surgiu das ideias dos homens, novas ideias podem fazer com que a realidade se transforme. Básico. Por alto. O dilema é que toda revolução é necessariamente violenta, já que o estado de inércia faz de tudo para preservar a ordem que oprime a humanidade ingrata, o homem deprimente.

E muitos têm aversão à violência. Coitadinhos... Pobrezinhos... Que peninha...

A luta de Batman é violenta, porém não muda o sistema por dentro, não acaba com o crime e as injustiças, é apenas uma luta de vingança e rachas pelas ruas e avenidas, de carro ou de moto. Para Batman, a luta não é a de um grupo social, uma classe (espécie), mas exclusiva, solitária, desagregadora, cada vez mais identificada com apenas um sentimento: vingança!

Seus vilões não querem apenas manter privilégios. Querem ser mais ricos que o próprio Batman. Riquíssimos. Os mais ricos de Gotham City. Querem morar na mais alta das coberturas. As brigas em que Batman se envolveu eram briguinhas de playboys grã-finos, arranca-rabos que saíam nas páginas policiais e colunas de fofoca, não nos cadernos de política ou economia.

Batman é o capitalismo tentando organizar o capitalismo, que sofre revés pela ganância de alguns capitalistas mascarados, vilãos e monopolistas. Sofre por ser só ele a pessoa que consegue entender como pacificar a sociedade, por ser só ele o rebelde que arregaça as mangas e vai à luta, fazer justiça com as próprias mãos.

Segue um princípio bíblico: olho por olho, dente por dente.

Não adianta nada existir apenas um Batman contra uma sociedade corrompida, ingrata e injusta sobre ruínas e caos. No entanto, ele não para. De esquina em esquina, do topo dos prédios, nos becos escuros, imóveis abandonados, fábricas em que goteja água de encanamentos enferrujados ou que sempre têm um galão com ácido para destruir o inimigo, Batman exerce seu desejo e sua missão de eliminar o mal, de um em um, sem eliminar o mal por completo.

Passei a adolescência como ele, dividido entre dois ideais, o da luta por vingança e por transformação. Subi em topos de postes, árvores e prédios.

Até vislumbrar a ação revolucionária que definiria qual verdade ia prevalecer. Não uma ação qualquer: quando se toma consciência da dialética de forças conflitantes, a luta pelo poder surge, e os indivíduos podem se libertar e mudar a ordem social que oprime; com a dialética, as ideias se movem, mudam, negam e contradizem. O presente se constrói com a síntese das contradições passadas. Portanto, a história pode ser previsível, seguir um caminho, uma direção. Se Batman tivesse lido mais, em vez de com moças belíssimas e magras frequentar festinhas regadas a futilidades ou ações filantrópicas, talvez tivesse sido mais útil à humanidade.

Filósofos não devem apenas interpretar o mundo, mas mudá-lo. Uma função da filosofia seria transformá-la em ação revolucionária. A realidade não reside nas ideias nem na consciência dos homens, e sim na ação concreta.

Nasceu a ideia de Utopia: um tempo em que haveria uma completa harmonia social.

Não adiantava ficar parado observando borboletas, crianças, filhotes. Eu tinha uma luta. Precisava agir. Eu tinha uma tropa. Eu tinha uma marcha a fazer, uma grande marcha!

Foi quando me veio o plano.

A primeira morada — Exílio no departamento de sociobiologia de uma universidade da cidade agrícola mediana, do interior, de clima tropical, conectada à grande reserva de Mata Atlântica

Tem coisas esplendorosamente belas e que se destacam entre vocês. Sim, tem... O sexo, por exemplo.
Como sei disso?
Vi. Ao vivo.
Não uma, duas, mas em várias noites.
Quando criança e adolescente. O que me estraçalhou o coração. Quem vi fazendo isso era alguém que eu amava mais que tudo.
O sexo entre vocês deveria estar na categoria dos grandes feitos da natureza (da genética ou seleção natural ou cultura, ou Deus; você escolhe, seguindo suas crenças). Rico, intrigante, imprevisível. Atordoa. Parabéns. A vagina humana, que beleza, muito sofisticada, é uma maravilha da engenharia da reprodução. Durante o coito, o canal vaginal duplica a profundidade, lubrifica na medida exata para facilitar o caminho da penetração.
Os lábios vaginais, como o clitóris, incham, aumentando o prazer. No orgasmo, contrações ajudam a sugar para dentro o segredo contido no pênis masculino, o maior membro sexual de um símio, maior do que o do gorila ou do orangotango, símios do mesmo porte. Os humanos têm o pirocão dos símios.
A fêmea, se ágil e disposta a procriar, tem as pernas fortes, alongadas, elásticas (que faz questão de trabalhar), para segurar o tronco do macho e não deixar que ele a abandone, nem para

um telefonema, depois do coito, assegurando a fecundação; o fedorento cigarro é permitido. E ela utiliza todos os recursos disponíveis, a fala, o murmúrio, os gritinhos de prazer, a lábia, os lábios inchados, a língua, as mãos carinhosas, para que a reprodução seja garantida.

A maioria das primatas despreza o parceiro depois da relação. Nem precisam da desculpa do telefone, uma comparação pouco científica, pois não existe na vida selvagem, muito menos cigarros.

As mulheres são a única fêmea do reino animal com nádegas e seios salientes e arredondados para a sedução. Atingem um orgasmo mais intenso que o dos homens. Por quê?

São eretas. Não podem correr ou caminhar com seus bundões ou peitões logo depois da fecundação. Precisam continuar deitadas por um tempo, contraídas, exaustas, felizes, e depois relaxadas, com sono, para não deixar escapar o esperma do parceiro, não perder o que interessa: o DNA. Por isso, o cigarrinho é permitido e até dividido.

O clitóris, que espetáculo, tem cinco vezes mais terminações nervosas que o pênis. Portanto, é cinco vezes mais sensível. Num feto, o clitóris nasce antes, o pênis aparece três ou quatro meses depois. O pênis é, portanto, filho de um clitóris. Desenvolvido a partir dele. Um clitóris com base, uma coluna jônica. Sua ponta, os capitéis com uma voluta, tem o formato de um clitóris. A glande masculina, que manipulada dá prazer, é um clitóris menor e menos evoluído.

Mas o pênis humano é também uma maravilha simplificada da engenharia da reprodução. Que beleza... Quadruplica de tamanho quando se precisa dele no sexo. Torna-se uma alavanca firme, uma catapulta, uma flecha com a ponta anatomicamente perfeita, maior que o tronco, para penetrar o portão do castelo, o canal lubrificado, e não sair com facilidade ou deixar escapar pela parede vaginal sua mensagem genética.

Dele, um longo jato expele o gameta do reprodutor, que, com o da fêmea, aprimora geneticamente vaginas sofisticadas e pênis simplificados que virão, máquinas de prazer que provam o sucesso da espécie deprimente.

A capacidade dos humanos de se reproduzir é complexa e invejável. Não se sabe de outras símias que tenham orgasmos, ainda mais um orgasmo que a evolução postergou para depois do gozo do macho. Não se sabe de outra espécie que conheça lábios externos, sensíveis e salientes, ou orelhas com lóbulos, verdadeiros receptáculos erógenos, pequenas fábricas que, se bem manipuladas, dão prazer. Também não se sabe de outra fêmea que faça sexo mesmo fora do período de reprodução, ou cio, ou ovulação, e que faça sexo durante a gravidez, ou semanas logo depois do parto.

Minha mãe fazia sexo de oito em oito anos. Coitadinha... Preguiçosa.

Existem cento e noventa e três espécies de macacos e símios. Cento e noventa e duas têm pelos. Apenas uma, a de vocês, *Homo sapiens*, não tem. Portanto, vocês não são homens, mas macacos nus. Com sexo elaborado. Parabéns.

Li em *O macaco nu* que uma relação passa por etapas: corte, ou namoro, ou preliminares, e coito, normalmente em locais secretos, íntimos, que pode durar horas. É geralmente cara a cara, frente a frente, posição incomum entre nós, macacos. Por quê?

Sexo humano requer reconhecimento. Reconhecimento é admiração. Admiração é paixão, tesão. Paixão com tesão é amor. Mesmo assim, como a espécie é inventiva, bolaram logo outras posições, até as mais acrobáticas, escreveram manuais, fizeram monumentos fálicos, estátuas.

O namoro ocorre por trocas de carinhos e sons afetuosos, pensamentos organizados, elogios para aumentar a autoestima do parceiro e troca de presentes.

Sentimentos culturais como paixão e amor foram decisivos para o sucesso da espécie. As preliminares são elaboradíssimas. A luz deve ser diminuta. Pode ter músicas tribais suaves em que histórias de paixão e amor de outros macacos nus são contadas. Pode ter falas rimadas, musicalmente complexas, que vocês chamam de poesia.

O casal não prepara um ninho para o acasalamento. Pode ser no chão, na mesa, em pé, numa cadeira, no sofá, na pia, numa cama, em áreas externas, ou alternadamente em todos os locais.

Bebidas com graduações distintas de glicose e carbonos saturados, produzidas de matérias-primas de origem vegetal com alto teor de frutose, como as minhas conhecidas uvas, podem ser consumidas.

A corte começa com sopros, suspiros, cócegas, contato de pele a pele, avanços milimétricos, calculados, aparentemente receosos. Línguas e lábios entram em ação. Esfregam-se na pele do parceiro. Lambem boca, rosto, pescoço, orelha, peito, dedos, barriga, membro do outro. Mordiscam boca, nuca, pescoço, orelha, peito, dedos, membro do outro. Chupam boca, pescoço, orelha, peito, dedos, membro do outro. Gastam um bom tempo explorando, manipulando, lambendo e sugando o membro do outro. Manipulam ritmicamente com cuidado, depois com pressa, depois com uma dose certa e bem calculada de brutalidade.

Até vir o coito.

É uma cena perturbadora, em que lembram exercícios de ginástica. O quadril da fêmea e o do macho ganham um ritmo avassalador a cada minuto, como se machucassem um ao outro. Eles gemem, não de dor, mas de prazer.

Um desavisado diria que um humano tenta ferir outro com uma cavidade ou lança pessoal, orgânica, e não pontiaguda como dentes ou chifres, seu membro, e que o outro, apesar das súplicas, defende-se arranhando as costas do parceiro, mordendo seu pescoço, sussurrando, por vezes gritando. Então, a fêmea domina o macho e o agride, gira para ficar por cima dele, engolindo seu chifre central não pontiagudo e apoiando as mãos em seu pescoço, tentando esganá-lo.

Reviram os olhos. O coração de ambos acelera. Suam. Suam demais.

Normalmente, se as preliminares forem eficientes, a fêmea abre as pernas para o macho se encaixar entre elas e introduzir com facilidade sua mangueira de expelir DNA. Os abraços são fortes. Podem ter unhadas. A língua de um esfrega com força a mucosa da boca, parte sensível do outro. Mudam de posição sem temer predadores. Como não existe ameaça, estão absortos, completamente concentrados no ato de desejo, reflexo do amor supracitado.

Uma catarse no encerramento, barulhenta, vibrante, como um transe primitivo, sugere que a gosma que frutificará em vida foi ao alcance do óvulo exigente, oitenta e cinco mil vezes maior do que um esperma, que aceitará apenas um gameta, um DNA envolto por uma cabeça, empurrado por um rabinho que será barrado e desprezado na grande e animada farra da fertilização, o melhor da festa.

O êxtase do homem quase sempre vem antes. Esta magia é peculiar. A fêmea o obriga a continuar. Fêmea não totalmente satisfeita quer mais gametas?

Nada disso. A evolução é mais sofisticada. Nem o maior pênis causa atração, nem o tempo dos diferentes orgasmos são gestos mecânicos para o sucesso e a sobrevivência da espécie. A evolução é mais perfeccionista. Inventou paixão e amor. Inventou casais, para que machos ou fêmeas menos fortes, mas que dominam ferramentas como ossos, machados, tacapes, facas, espadas, lanças, armas de fogo, tacos de beisebol, não ameaçassem os mais fortes e tivessem também chances de ter um parceiro para sempre, que atrai, que com a quantidade de truques seduz, e vice-versa, paixão que faz o sexo um elemento além da procriação, mas da pacificação do grupo social, de homens e mulheres.

O amor faz humanos se ligarem e socializarem, substituírem o pai e a mãe, com quem convivem tantos anos, numa das mais longas infâncias da natureza (quanto mais longa a infância, mais aprendizagem, mais conhecimento, mais tecnologia, maior o cérebro), por outro capaz de dar a mesma proteção, calor, troca.

A proteção vem com uma sobremesa espantosa, o prazer sexual. O coito. A face que seduz, num dos rostos com mais músculos e, por isso, mais capazes do maior número de expressões da natureza, vem com o orgasmo, que deixa dois seres no mais espantoso transe, muito além das explicações racionais, anatômicas, vasculares, químicas, um conjunto de tudo isso com humores, amor, paixão, admiração, sedução, jogo.

Com poesia, música e pintura, o amor pode ser refinado. Como sei tanto da corte entre humanos?

E por que, como um orangotango darwinista, que depois se transformou num marxista, me interesso por ela?

Em madrugadas silenciosas, um casal se amou rotineiramente, perturbadoramente, diante dos meus olhos e de outros macacos presos em gaiolas no centro de pesquisa de biologia da universidade de uma pacata cidade interiorana.

Nunca se importaram com a nossa presença. Talvez até se excitassem com ela. Acreditavam que aquela escuridão, a que para o olho humano era suficiente para ganhar privacidade, nos impedisse de ver em detalhes.

Víamos.

E tinha filhotes de macacos entre nós. Crianças!

Víamos tudo.

Até o dia em que descobri quem era a fêmea em questão. Meu mundo desabou. Virei as costas para o laboratório. Nunca mais os olhei.

Era a minha tratadora, Kátia, quem fazia amor, camuflada na escuridão, diante dos meus olhos.

Uma das expressões mais belas da humanidade é a que descreve a atração por alguém como "ter borboletas voando no estômago". Bela, porém instigante. Me foi ensinada por Kátia com mímica. Não compreendo. Para mim, borboletas são trucidadas, mastigadas na boca e digeridas no estômago, como parte da dieta rotineira.

Não somos carnívoros. Buscamos nas borboletas a preciosa proteína que não tem em sementes, folhas e frutas. Borboletas, formigas, cupins, insetos em geral, são comida. Borboleta é, para nós, um xis-burguer com batata frita e ketchup.

Somos insetologistas. Conhecemos os insetos proteicos e os dispensáveis, os venenosos e os doces. Aprendemos na prática e observando nossas mamães. Todos vocês já foram também um dia insetologistas. Os asiáticos são.

Sei disso porque pesquisei.

Pesquisei porque li.

Li porque aprendi com alguns de vocês, que ensinavam filhotes a ler e escrever.

Não só aprendi a ler filosofia, biologia, *Batman*, mas romances contemporâneos, de linguagem despojada. Eventualmente, entendo até o que vocês falam. O que me tirou de um estado de apatia e alienação de que, muitas vezes, não gostaria de ter saído.

Minha infância foi rodeada por macacos, filhos de professores e funcionários, alunos de pós-graduação e livros, na biblioteca de um departamento acadêmico de uma universidade, que também servia de creche e pré-escola.

Descobri mais tarde, ou tarde demais, que passei a pensar como um ser humano, a achar belo o que um humano acha, a me apaixonar como um ser humano, por uma humana, por uma estudante da universidade, uma tímida, linda, ruiva, amorosa e dedicada pesquisadora universitária: Kátia.

O que desgraçou a minha vida primata.

E me traiu.

Nos primeiros anos de vida, minha jaula não era uma jaula, mas uma gaiola espaçosa, já que me queriam confortável para me estudar. Ou melhor, para ela me estudar.

Kátia me estudava, a sociobióloga que amei mais do que minha própria mãe. Me estudava porque sou uma das espécies de símio mais desconhecidas da ciência. Me estudava não para tentar me reintroduzir na natureza. Não seríamos bem-sucedidos. Digo no plural, porque a readaptação deveria ter sobretudo a minha colaboração. E sou preguiçoso. Deve ser genético.

Ela jogava, me ensinava coisas, cuidava de mim, órfão bebê.

Mas eu estava tão feliz e absorto pelo charme acadêmico de Kátia, ruiva como eu, com seu olhar determinado a uma descoberta, a uma tese, e pelos livros do seu, nosso, departamento, que pouco me importava se tivesse que aprender a subir em árvores e a comer cupins ou frutas espinhosas, pouco me importava a floresta, voltar para um lugar de onde eu tenho uma vaga lembrança, para não dizer sem nenhum lamento, só uma lembrança: rolar pela relva.

Não me lembro da minha mãe, apesar de os orangotangos serem conhecidos como uma das espécies de maior apego entre mãe e filho. Normalmente, na floresta, vivemos grudados por oito anos. Uma preguiça sexual ou zelo exagerado faz a mãe orangotango engravidar em média apenas uma vez a cada oito anos.

Sim, somos os bebês mais mimados da Terra, cujo cordão umbilical, em sentido figurado, mais demora a ser rompido (ah, o sentido figurado, prova do quão longe vai a brilhante mente humana, que consegue alterar do contexto duas palavras, mudar o valor conotativo, dar um sentido simbólico, ou, mais longe ainda, o que mais amo nos humanos, antecipar um pensamento, elaborar metáfora).

E ainda passamos a adolescência, que vai dos oito aos doze anos, perto dela, observando, distinguindo, aprendendo, protegidos...

Amei Kátia como se fosse minha nova mãe. Sentimento que um macaco-aranha, daqueles que anos depois conviveram comigo num zoológico, não tem, já que suas mães macaqueiam com eles, sempre ocupadas com pencas de primos ou irmãos ou sei lá quem são.

Kátia, a tímida, magra, apática estudante ruiva de biologia, era fiel, me amava, me compreendia, me testava. Me estudava porque me amava? Me amava e me estudava. Nos conhecemos no laboratório. E não nos desgrudamos. Outro sentido figurado.

Meus instintos...

Conheci Kátia assim que me dei por gente, digo, primata, digo, símio, digo, macaco, numa época em que eu não me considerava um de vocês.

Toda minha infância na floresta é uma lembrança tão vaga que pode ser apenas rastro daquilo que foi chamado de inconsciente coletivo. Minha mãe é uma lembrança muito apagada. Mas Kátia me alimentando no seu colo com uma mamadeira com leitinho...

Que fofa... É memória, aconteceu.

Todos os seus colegas pesquisadores do laboratório de pesquisa do departamento partiram para os chimpanzés recém-chegados de uma leva de um centro de reabilitação africano. O lote deve ter sido doado de uma vez à universidade brasileira da cidade interiorana e agrícola de médio porte de clima tropical.

Por sorte, não nos doaram a centros de pesquisas farmacêuticas. Nos esfolariam vivos literalmente. Injetariam vírus. Testariam remédios. Nos deixariam adoecer. Que sádicos... Fomos doados a um departamento de sociobiologia do Instituto de Biologia.

Kátia era franzina, tímida, insegura, tinha medo de me pegar, lisinha, com pontinhas vermelhas na pele, mãos bem finas, quase sem pelos nos braços. Tinha medo de mim. Não medo, respeito, por eu ser um animal selvagem, apesar da cara de bobo. Receio.

Mas a expressão doce de um bebê orangotango a seduziu.

A expressão insegura de uma caloura de biologia de pele, nariz e olhar delicados me seduziu.

Eu estava só, como ela. Seus colegas logo adotaram os chimpanzés e lhes deram nomes. Outros partiram para estudar os macacos que se espalham pelo Brasil, os insuportáveis macacos-aranhas, estúpidos na proporção inversa da agilidade. Mas Kátia, ruiva como eu, estranha como eu, decidiu me adotar como objeto de pesquisa. E não me deu nome. Me deu apelidos. Nunca teve um nome nas placas que me identificavam em jaulas e gaiolas. Nem apelido. Apenas Orangotango da Indonésia.

No começo eu achava esquisitos aqueles braços e mãos sem pelos, a roupa por cima do corpo, sapatos, óculos, brincos, colares e um anel com uma pedra transparente solitária no dedo anular da mão direita, detalhe importante que aprendi depois que a classificava como uma noiva comprometida. Eu tentava arrancá-los. Mastigá-los. Quebrá-los. Ela logo aprendeu o que todo zoólogo sabe: que não se deve trazer bijuterias ou joias para o local de trabalho/pesquisa.

Ela retirava os adornos. Deixava apenas o anel de noivado no dedo anular. Que eu também não conseguia tirar. Era como extensão do seu corpo, com a pedra que mordisquei centenas de vezes, sem nunca quebrar ou trincar.

Via nela como os humanos eram diferentes em tudo. Cobriam as patas. Cobriam os órgãos sexuais (como reproduzir sem exibi-los na corte?). Usavam adornos que não eram para caça, defesa, camuflagem, para nada, mas enfeites, objetos que não me lembro de ver em fotos de outro animal de qualquer outra espécie.

Nosso contato inicial foi no colo, ela me amamentando. Cresci.

A partir de então foi pela grade da gaiola. Ela ficava um bom tempo na minha frente me olhando, depois me desenhando. Então também fiquei um bom tempo na sua frente olhando, depois olhando e desenhando. Eu me entediava primeiro, virava as costas e olhava o nada, os jornais velhos em que dormia, as moscas em torno da minha comida, a sombra da grade na parede.

Noutro dia, a mesma coisa. Ela ficou um bom tempo na minha frente me olhando, e eu olhando, até eu desistir primeiro.

Noutro dia, o mesmo. Aquilo já estava me deixando com a certeza de que a vida não fazia o menor sentido, quando num dia ela decidiu fazer gestos. Mexia as mãos. Movimentava para os lados. Eu não entendia o que aquilo significava. E percebi que ela aos poucos entrava em profunda tristeza. Até um dia começar a praguejar, apoiada nas grades da minha gaiola. Poderia estar reclamando do insucesso das tentativas de se comunicar comigo. Mas, no dedo anular, aquele anel que não saía nem com toda minha força não estava mais.

O anel de noivado não estava mais lá.

Kátia não era mais qualificada à condição de comprometida.

Reclamou que algo deu errado na sua vida. Ou que tudo dava errado na vida. Então chorou. Seu choro me entristeceu. É duro ver alguém de quem se gosta tanto sofrer. E já que aqui, no meu julgamento, havia a dúvida razoável se aquele choro era por minha causa ou por causa de um noivo que não existia mais, pensei em eliminar uma das possibilidades. E mexi as mãos como ela tinha mexido.

Mergulhada na desilusão (amorosa?), Kátia não percebeu. Chamei sua atenção acariciando a mão de pele suave, ruiva, de uma macaca nua. E repeti os gestos, movimentando as mãos. Ela me olhou surpresa, movimentou as dela de outra maneira, e eu imitei. Devo ter sorrido, porque ela sorriu tão satisfeita que chamou os colegas, que não deram a menor bola, pois estavam entretidos com seus chimpanzés mais sociáveis do que eu, e macacos-aranhas mais divertidos.

Ficamos horas felizes e sorrindo imitando um ao outro, num balé surrealista de braços e mãos chacoalhando e dançando pelo ar.

Sorrir foi minha primeira ação de comunicação estabelecida, de uma mensagem entre nós ser enviada, de emissor e receptor. Aqueles gestos se repetiam todos os dias, e eu não entendia aonde queria chegar até que ela fez sinais com os dedos, só com os dedos, levantava dois, três, abaixava, e eu comecei a imitar.

Pronto, mais uma vez ficou exultante, chamou a atenção dos colegas, que de novo não deram a menor bola, pois, mais sociáveis do que ela, conseguiam se comunicar mais habilmente com seus chimpanzés, com gestos, dedos, jogos.

Toda a razão da nossa relação era estabelecer um canal de comunicação. Depois dos gestos, que passei a imitar, vieram os jogos de montar, encaixar quadrados em buracos quadrados, triângulos em buracos triangulares, círculos em buracos circulares. Não demorei a aprender a encaixar uma peça em seu respectivo buraco. Depois, foi um exercício semelhante com objetos coloridos. Nossa visão não é absolutamente seletiva e ampla como a de vocês, mas é boa também, já que distinguir cores é parte da nossa sobrevivência à base de frutas.

Descobri que acertar deixava Kátia feliz.

Descobri que deixar Kátia feliz me deixava feliz.

Descobri que Kátia precisava de mim para ser feliz, e eu dela.

Descobri que começava a amar suas visitas, seus jogos. Por vezes eu sabia a resposta, mas fazia suspense, fingia que ia errar, parava no meio do caminho para depois acertar, o que a deixava magneticamente feliz. Cada vez que eu jogava com ela, mais ela se interessava por mim. Como se fosse ela quem estivesse me ensinando as respostas, respostas que eu sabia mas preferia não dar de bandeja, e a deixava acreditar que eu evoluía graças a ela.

Meus acertos foram recompensados. Me foi permitido sair da gaiola e jogar com ela no chão do laboratório.

Apenas um homem se interessava na nossa relação, e com o tempo aprendi que era o líder daquele grupo, o macho dominante. Com o tempo entendi que ali estavam alunos e um professor, ou melhor, orientador. E era o único que dava atenção a minha pesquisadora ruiva como eu.

Continuava a me desafiar com jogos de memória. Até eu ficava surpreso com meu elevado índice de acerto, que intriga cientistas do mundo todo. Foi a primeira vez que aventei que tivesse uma habilidade superior até a dos humanos: a memória.

Ela e o orientador a cada dia me davam tarefas mais complexas; como me lembrar de uma sequência de até vinte cores ou formas, a qual eu tinha cem por cento de acerto.

Passaram para quarenta. Cem por cento de acerto.

Passaram a me filmar.

Outros vinham me ver adivinhar a sequência de amarelo, azul e vermelho que tinham me mostrado anteriormente. Não saí macaqueando pelo laboratório, que considerava também minha casa. Minha recompensa foi fantástica. Relaxaram a vigilância. Não passavam mais cadeado à noite na minha gaiola. Eu, um submisso macaco obediente, voltava para ela sem precisar ser obrigado, e como gracejo ainda fechava a grade, o que aplaudiam.

Eu era o macaco mais dócil daquele departamento.

De manhã, eu acompanhava as aulas de alfabetização dos filhos dos funcionários, que usavam o espaço anexo, separado por uma vidraça, como creche.

À tarde, os experimentos científicos de Kátia.

À noite, eu estava livre para investigar.

No fundo, estabeleci essa persona para me aproximar de Kátia, ganhar a confiança dela, por amor, para ter a sua atenção, dedicação. Assim, paralelamente, ganhei a possibilidade de xeretar a biblioteca do departamento à noite, as figuras, fotos, desenhos, letras, as mesmas da lousa da sala de alfabetização, palavras, frases, aprender aos poucos a ler, e enfim ler, ler muito, ler como um obcecado, e cada livro me dava vontade de ler outros cem. Cada verso, mil poetas, cada linha, mil pensadores.

Com a alfabetização ao lado e minha memória apurada, passei a digerir o conhecimento humano numa rapidez que nem os mais sábios dos macacos nus seriam capazes.

Sublimei aquela biblioteca, sob os olhares espantados de chimpanzés e macacos-aranhas, trancados em suas gaiolas, que à noite me observavam atônitos abrir a minha, sair sem fazer barulho ou sujeira, pular sobre as prateleiras da estante, sentar com um livro aberto no canto iluminado do laboratório e dissecar o lumiar do pensamento humano: a metafísica, investigação das realidades sem sentimento, que procura o fundamento de todas as ciências; ou, como Kant preferia, o estudo das formas, ou leis da Razão, fundamento de toda especulação a respeito de realidades e fonte de princípios gerais para o conhecimento científico.

Como somos feios...

Grandes, desengonçados e, seguindo o padrão estético que prioriza a simetria, o dos humanos, horrendos. Especialmente os orangotangos machos. As fêmeas ainda têm umas simpáticas bochechas proeminentes, um olhar doce, um cabelo que parece penteado repartido no meio, uma calvície acentuada, uma barbicha ruiva. Cativam, especialmente quando carregam um bebê de olhões arregalados, o que fazem por oito anos.

Bebezinhos fofíssimos, que eu já fui um dia.

Nós, machos, somos horrorosos; o rosto achatado, a bochecha amassada como uma frigideira, uma lua cheia vermelha e uma franja estilo começo de carreira dos Beatles, sem contar a cara enfezada de lutador de MMA prestes a subir na balança. Parecemos um velho bêbado de calvície precoce que perdeu tudo e anda aos trapos, cambaleante, pela floresta mais impenetrável, se apoiando em árvores, sobre pântanos, para não se estatelar na lama.

Se não fôssemos tão horrendos, talvez conseguissem perceber nossa fabulosa inteligência e memória. Sofremos preconceito por sermos desengonçados e feios. Nossa feiura implica burrice?

Ninguém me ensinou a ler. Ninguém tentou. Ninguém se propôs ou imaginou que eu conseguisse. Aprendi a ler observando. Não sei com que idade, porque não sei e ninguém sabe precisar a minha idade. Era o fim da infância.

Ler me fez entender o raciocínio humano. Talvez eu pense mais como um de vocês do que como um símio desengonçado, ruivo e feio. Ler me fez admirar a raça humana, a ponto de eu querer ser um de vocês.

Aprendi fazendo associações, como todos que aprendem a ler. Aprendi fazendo associações nas lousas do centro de pesquisa e reabilitação. Centro em que fazem experiências para checar se chimpanzés, os Pans, erroneamente considerados mais inteligentes do que nós, orangotangos, os Prongos, conseguem aprender linguagens de sinais e jogar jogos, como os de memória.

Alguns macacos conseguiram aprender libras, a linguagem dos surdos-mudos, e se comunicam com os eretos, os humanos, através dela. Para quê?

Os humanos têm a fixação de se comunicar com os animais, aprender e ensinar a língua deles, de nos entender. Talvez por serem uma espécie comunicativa, que fala, narra, canta, escreve e filosofa, não sosseguem enquanto não desvendam nossa linguagem, para desvendar nossos pensamentos.

Pobres golfinhos, macacos, porcos, animais de estimação, obrigados a algo não natural, comunicarem-se com os humanos, numa linguagem que os humanos entendam. Também passei por esse teste, o treinamento, que prefiro chamar de tortura.

Li também jornais e revistas.

Uma pesquisadora de um zoológico da Holanda tentou escolher o macho para a adolescente orangotango chamada Samboja (que nome ofensivo para uma símia na flor da adolescência digna, de onze anos) ensinando uma espécie de aplicativo de escolha para orangotangos. A coitadinha via fotos de possíveis parceiros e escolhia aqueles que a atraíam. A maior estupidez que já vi algum cientista cometer contra um de nós. Num laptop, mostrava fotos de orangotangos espalhados em muitos zoológicos. A macaca clicava. Clicava porque o outro a atraía? Ou aleatoriamente?

A cientista explica que Samboja olha com mais interesse para umas fotos do que para outras. Pior. A notícia saiu em toda parte, foi compartilhada. Riem de nós. Olha, macacos escolhendo seu *match*, seu *crush*.

Nos idiotizam com suas idiotices.

Ler. Eu consegui, e não revelei esse feito, temendo pela minha vida. Porque gosto dela. Gosto de observar. Gosto de aprender com o outro. Gosto de mim. Creio que gostar de si é uma inigualável vantagem genética dos orangotangos. Assim como a discrição. Não urramos, como a maioria dos símios. Exprimimos nossas emoções e chamamos nossos parentes por ruídos guturais, pios, beijando o ar, como pássaros. Mas, cuidado: beijar o ar pode ser sinal de irritação. Se você cruzar com um orangotango numa floresta beijando o ar, o que tem a mesma probabilidade de eu ser protagonista de um filme do *Batman*, ou ir num foguete para o Espaço, não se aproxime.

Um pesquisador estuda nossos beijos, para estudar o surgimento de consoantes na evolução da linguagem humana. Ele conseguiu gravar quarenta e oito parentes meus na selva, registrar quatro mil quatrocentos e oitenta e seis rangidos de beijos. Um verdadeiro beijaço. Descobriu que tem diferentes informações em cada ruído. O que deixava claro que a mensagem havia sido recebida com o reenvio de beijos diferentes. E assim se confirma, nos estudos para nos entender, que beijo é linguagem.

Meu beijo, porém, é de um órfão que não se comunica com outro orangotango. É apenas instintivo. Eu não saberia dizer se eles têm qualquer significado, até ganhar a companhia de outro orangotango.

Uma orangotango.

Que aconteceu anos depois.

Depois de aprender a ler ao observar vocês ensinando outros a ler, e aprender a sair da jaula para folhear livros, livros infantis ilustrados e HQs da modesta biblioteca da escola-laboratório do Departamento de Biologia, aprimorei meu hábito de leitura e a linguagem coloquial de vocês lendo jornais velhos em que vinham as frutas do almoço. Aperfeiçoei a leitura, soube das novidades e acompanhei os acontecimentos nacionais e internacionais. Inclusive os progressos espaciais, para "mandarmos" espécies de hominídeos de volta à Lua e depois a Marte.

E as polêmicas de quais atores fariam o próximo filme da franquia *Batman*.

Enquanto meus parentes primatas se digladiavam por causa de bananas, me interessavam as histórias, ilustradas por fotos, das muitas vividas por um membro dessa fascinante raça que é a de vocês, mais próxima dos Pans e Gorillas, primatas que, como vocês, se distanciaram de nós, os Prongos, há mais de quinze milhões de anos.

Vocês, gorilas e chimpanzés vêm de um ramo da evolução. Eu de outro. Nós quatro formamos os quatro símios mais inteligentes da natureza. Vocês, por mérito, são os campeões com muitas cabeças, braços e troncos de vantagem. Chimpanzés também são bem espertos. Alguns pesquisadores erroneamente os consideram com a inteligência de uma criança de três anos, apesar de eu não os achar mais espertos do que nós, orangotangos.

Não sei se você sabe, mas nós, orangotangos, viemos de florestas de apenas duas ilhas, Sumatra e Bornéu, e não sabemos nadar.

Nos dividiram em orangotangos-de-sumatra e orangotangos-de-bornéu. Sou incapaz de precisar se sou de uma ou de outra espécie. Nem ninguém sabe. Fui encontrado numa gaiola de traficantes de animais. Provavelmente mataram a minha mãe e me raptaram.

Se lembro dela?

Somos conhecidos por fazer de grandes folhas nossos guarda-chuvas na época das monções, e ninhos em árvores, para dormir. E por resolvermos quebra-cabeças e sermos mais habilidosos para resolver problemas de memória que os chimpanzés.

Recentemente se descobriu uma nova espécie de orangotangos no monte Toba, também na Indonésia. Seria o oitavo membro dos *Hominidae* (vocês, duas espécies de gorilas, chimpanzés, bonobos e agora três espécies de orangotangos). São só oitocentos animais dessa espécie. Chamaram de *Pondo tapanulienses*. Claro, já estão ameaçados de extinção.

Desconfio que eu seja de Bornéu.

Meus parentes do norte da Sumatra são isolados, vivem em matas sobre pântanos em parques ainda com elefantes e tigres, nossos maiores predadores. A turma de Bornéu não tem tigres por perto, pois foram extintos. Enquanto os de lá vivem em árvores numa luta diária pela sobrevivência, os de Bornéu (nós?) vivem em árvores e no chão. E me lembro de ainda pequeno rolar por uma grama alta com minha mãe. É a única imagem dela que minha memória alcança.

Devo ser de Bornéu.

Somos tão parecidos com vocês que orangotango em malaio é "urang-utan", homem do bosque. Nossa carne, nossa pele, nossos ossos têm valor? Não tenho a menor ideia.

Somos disputados há séculos, ainda bebês, para sermos domesticados, como os coitados chimpanzés, que só existiam na África. Assim, matam nossas mães sem piedade. Se você encontrar algum parente meu num zoológico, pode contar: é um órfão como eu, que sente um vazio existencial e uma incompreensão sem dimensões.

Somos solitários. Vivemos em grupos, mas fêmeas de um lado, machos espalhados. Não somos territoriais. Aceitamos a presença de outros orangotangos. Cada macaco no seu galho. Se existem clãs, existe o macho dominante, o mais forte, e a fêmea dominante, a mais velha. Mas não é regra.

De uma hora para outra, o macho dominante pode perder o interesse, partir, regressar tempos depois, sem exigir o trono de volta. O macho dominante não domina por toda a vida, até ser desafiado por um mais ousado. Trai sua comunidade e vai dar um rolê, sem mais.

Por vezes, o macho dominante é substituído por uma fêmea dominante. O que prova que, na verdade, existem machos provisoriamente dominantes, como numa democracia com alternância no poder.

Usamos ferramentas feitas de gravetos para comer cupins, roubar mel e abrir frutas. Pescamos com as mãos. Habilidades que aprendemos observando mamãe e outros parentes, e que deixam cientistas estupefatos: *Olha, usam ferramentas, têm inteligência...* Claro que temos inteligência, apesar de um graveto não se comparar a uma furadeira elétrica.

Uma garrafa pet é utilíssima. Quando encontramos, usamos como reservatório de água. Destampamos até.

Fazemos ninhos elaborados, como os pássaros, para dormir ou descansar. Galhos trançados, armações de conhecimento de engenharia que deixam os pesquisadores admirados, pois eles devem aguentar nosso peso, que chega a oitenta quilos.

Sou na verdade mais obeso que robusto. Pareço um velho desengonçado, lento, sedentário. Talvez por isso tenham nos exterminado no Sudeste Asiático, nos deixando apenas em Bornéu e Sumatra.

Chegamos a ocupar todo o Sudeste Asiático no passado: Vietnã, Laos, Camboja, onde macacos são cultuados e teve uma das primeiras grandes civilizações humanas, o povo khmer, que fez as notáveis construções de Angkor, canais de irrigação circulares e estátuas para macacos em poses sexuais.

Enquanto os egípcios erguiam sua grande civilização à beira do Nilo, o povo khmer ergueu outra na beira do rio Mekong. E nos extinguiu. Só resistimos nessas duas ilhas da Indonésia e em zoológicos pelo mundo. Será que esses khmer nos comeram?

Quase não há lutas entre orangotangos. Somos uma espécie pacifista, sentimental, observadora, com uma memória excepcional.

Assim que Kátia e todos do centro iam para suas casas, eu abria a gaiola e lia.
Li de tudo.
Li sem parar.
Filosofia e, abaixo, a prateleira de religião. Abaixo, a de ciência, ou biologia. Por três prateleiras, conheci o pensamento humano. Filosofia-religião-ciência. Não nesta ordem. Por acaso, estudei como se formou a civilização ocidental, porque era o que tinha à minha disposição. Se só tivessem livros de engenharia aeronáutica, talvez eu soubesse como construir um avião.

Peso como um homem adulto. Meço como um homem adulto. Meus braços e pernas são longos. Não tenho rabo. Descendo, como vocês, do *Hominoidea*. Há milhões de anos, fui para um lado solitário da evolução.
O exemplar mais antigo de vocês tem seis milhões de anos: símios adaptados à vida terrestre, eretos, bípedes, crânio também verticalizado, mãos com polegar desenvolvido.
Passei anos no Departamento de Biologia e depois fui para um zoológico. No departamento, convivi com chimpanzés. No zoo, com os *Ateles*, os macacos-aranhas, que se destacam pela cauda enorme. Estamos todos ameaçados de extinção. Eu, orangotangos, os chimpanzés, os gorilas e vocês.
Não os aranhas, que se espalham da Amazônia até quase a América Central (e por isso predominam em zoos da América do Sul).
Estou ameaçado de extinção. Um sujeitinho ordinário quer me matar. Tentou desde que roubei seu boné do Batman, de que não me desgrudei. Roubei não por pura macaquice, quando o garoto deu bobeira perto da minha jaula. Distraído. Desconcentrado. Roubei pela idolatria que tenho pelo homem-morcego.
Roubei, porque roubava muitas coisas dos que marcavam bobeira, encostados nas grades da minha antiga jaula no zoo-

lógico em que morei depois da faculdade de Biologia. Roubei doces, salgados, enfeites, carteiras, mochilas, cadernos, livros de estudantes em excursão. Eu e os irmãos ou primos aranhas; no começo, não precisei o parentesco dos que dividiam a cela comigo; sabia apenas que éramos todos macacos, e despertávamos a atenção da criançada que gritava "pula, macaquinho". Os aranhas pulavam. Eu não me dava ao trabalho. Não era da minha índole pular sem objetivo concreto. Muito menos obedecer. Observava as vítimas do meu próximo roubo. Era a minha adolescência. Transviada, como a de todos. Aprendi essa expressão num livro antigo. De bobeira também.

Já li que minha espécie tem treze milhões de anos, é oriunda dos *Atelinae*, que são oriundos dos *Atelidae*, que são oriundos dos primatas. Somos esquilos evoluídos, que demos nos aranhas, chimpanzés, gorilas e vocês, que se autointitulam *Homo sapiens* e deram nomes a todos nós, descobriram nossas origens, ramos da evolução, quem descende de quem, e nos dividiram em espécies. Cujo membro infeliz, gordo, homem jovem, com dentes de ferro, de quem roubei um boné, quer me matar. Como um professor do Departamento de Biologia, orientador da minha ruiva tímida.

Gosto de horóscopo. Acho formidável a invenção do horóscopo. Admiro em termos a humanidade. Me diverte. É criativa. Sempre busca o sentido das coisas, o que aconteceu no passado e acontecerá no futuro. Busca explicações. Observando. Sempre buscou. Observadores. Nos filósofos, matemáticos. Na religião, invenção fabulosa. Na ciência. Nos céus.

Me espantei com os questionamentos dos filósofos pré-socráticos. Acompanhei com cuidado a evolução do pensamento. Até descobrir o zoroastrismo, que, fantástico, dividiu o mundo entre bem e mal, certo e errado. A religião me fascina. Virei um seguidor do profeta Zaratustra. Depois me identifiquei com o povo judeu, perseguido como eu, quando me senti também parte de um povo escolhido. Depois virei cristão, quando li trechos resumidos do Segundo Testamento, que testemunhou a chegada do Messias, filho de Deus. Não virei muçulmano, pois não tive acesso ao Alcorão. Não entendi por que as religiões que acreditam nas mesmas leis, oriundas do zoroastrismo, passaram a se detestar.

Mas quem sou eu?

Apenas um símio que convive forçadamente com chimpanzés e macacos-aranhas que não sabem quem é o pai, que depois foi transferido para uma ilhota, no meio da lagoa do zoo, com macacos-aranhas que não sabem de quem são primos ou irmãos e que em qualquer perigo se agarram à primeira fêmea que passa, enquanto os machos ficam na vanguarda; um deles talvez seja o pai da maioria deles; ou de todos eles.

Não sou de uma família religiosa. Sou de um bando que come folhas e frutas, por vezes mel, cupins, borboletas, que prefere a copa das árvores, se locomove com a ajuda de garras, pesa uns oitenta quilos, se comunica beijando o nada e causa risos na humanidade. Nem nossa carne é apreciada. Acho. Esse povo khmer...

Até Darwin cair nas minhas patas. Li e reli várias vezes. Que fantástico trabalho deste naturalista inglês. Um gênio. Minha autoestima melhorou muito quando, ha-ha-ha, descobri que vocês também descendem de um macaco. Aquela história de Adão e Eva era parte da imaginação fértil da religião. Que não apenas vocês são filhos de Deus, mas todos nós. Que uma parente, Lucy, mais parecida conosco, peluda, é o elo mais antigo que vocês podem encontrar da sua espécie. Ri mais ainda quando soube de religiões que contestam a teoria evolucionista. Como tem gente burra entre vocês...

Está logo na introdução: "O homem deve ser incluído com os demais seres viventes no que tange ao modo de aparecimento sobre a terra".

Entre os símios, de longe, vocês humanos são melhores em tudo. E, no que não são, bolam ferramentas que os tornam melhores em quase tudo. Se não voam, inventam balão, avião, asa-delta. Se não correm como um guepardo, domam cavalos ou camelos, sobem em cavalos, cavalgam, inventam a motoca, com muitos cavalos de potência. Se não têm a violência, rapidez e agressividade de um gorila, inventam rifles, bazucas, tanques. Se não mergulham em profundidade como baleias, inventam submarinos. Se não podem nadar longas distâncias como um salmão, inventam a lancha. Mas vocês devem ser incluídos com os demais seres viventes no modo em que apareceram.

Nós, orangotangos, também ficamos nove meses na barriga das nossas mães. Elas nos têm a cada oito anos. Humanas já estão férteis semanas depois de parir, prontas para a próxima reprodução. Podem ter dez, vinte crias. Podem nascer gêmeos, trigêmeos. O que, entre outros símios, é impossível.

Comecei a ler filosofia pelo começo.
O começo da filosofia.
Sem entender nada ainda do percurso da civilização.
Comecei a ler filosofia procurando entender o que é a vida, até descobrir que a filosofia não te responde, mas cria mais empecilhos que geram perguntas. Filosofia abre caminhos, não te leva a nenhum oásis ou epifania. Filosofar é caminhar sobre um deserto. Talvez por ser tão danoso para a mente, muitos desistiram de filosofar, criando religiões. Preferiram a fé à razão. Preferiram acreditar em algo ou alguém responsável pela sua criação a procurar o porquê dela. Foram criativos, como nenhum outro animal ousou.

Preferiram, como Descartes, acreditar que Deus nos deu a razão e a ciência.

Que a ciência é escrita por Deus.

Mas com o tempo passei por um desapontamento metafísico. Ante a paralisia da descoberta de que tudo era uma questão de explorados e exploradores, ou melhor, de divisão de classes (espécies), passei a boicotar os experimentos de Kátia.

Não queria mais saber de expor minha memória para seu deleite.

Não queria mais encaixar quadrados em buracos quadrados, redondos em buracos redondos.

Pois não só ela me usou como alimentou um amor falso, hipócrita, demagogo, porque passou a trepar diante de nós, em muitas noites, com o orientador, que não era seu noivo, pois não tinha voltado ao dedo anular o anel que a classificava como comprometida.

Kátia deixou de ser noiva e passou a fazer sexo à noite com o macho dominante, em cenas que lembravam uma caça, uma leoa sobre um búfalo, a derrubar e devorar sua carne, para saciar um apetite sexual desrespeitoso num ambiente de empirismo científico.

Durante as tardes, eu jogava peças dos jogos nela. Cuspia nela. Jogava restos de fezes, comida, pulgas, pelos. Minha revolta não a revoltava, entristecia. Não esclarecia, confundia. Não curava, adoecia. Minha revolta era um misto de posicionamento marxista com ciúme tóxico. E ela não chorava, mas se irritava, para meu deleite, dava broncas, ordens que eu não obedecia.

Sua pesquisa ia por água abaixo. Sua carreira ia por água abaixo. Sua tese não andava, bióloga infiel, traidora, desonesta, aproveitadora, manipuladora ordinária.

Falsa, falsa, falsa...

Como aquilo se desenvolveu em mim?

Como eu tinha me apaixonado assim por minha tratadora?

Como pode minha inquietude de primata selvagem se deixar levar pelos encantos e pela falsa sedução de uma humana? Humanos mentem. Bichos mentem? Humanos adultos aprimoram a forma de mentir. Deve ser um dado relevante na evolução da espécie, em seu sucesso. Como eu poderia desejá--la, se era de outra espécie?

Talvez o marxismo tenha revelado uma autoindulgência culposa, uma clarividência da linha evolutiva, que dita que espécies diferentes não se cruzam, que imprimiu uma ordem na minha mente, um só comando: revolução, revolução, revolução, revolução, revolução, revolução, revolução, revolução, revolução, revolução...

Ou talvez tudo não passasse da minha entrada para a adolescência, indicando que então tinha mais de dez anos. Nem Darwin nem Marx. Talvez Freud devesse me explicar aquele período turbulento de negar a minha existência. Mate o pai, foda a mãe, dizia um rock das antigas.

Talvez meu problema fosse um caso clássico do pouco questionado complexo de Édipo.

Eu estava ferido.

Quando me dei conta do meu caso freudiano, relaxei. Não voltei aos jogos, mas não voltei a agredi-la. Deixei que fossem dados os primeiros passos para a reconciliação. Ela percebeu que não voltaríamos aos jogos. Passou a me mostrar fotos da família. Voltou a tentar se aproximar de mim fisicamente. A me fazer carinhos. A me deixar para fora da gaiola, com ela ao lado.

Cantou para mim.

Leu poemas do romantismo português, péssimos.

Me sentava na mesa do laboratório. Me examinava como uma veterinária. Procurou desvendar não mais os segredos do meu cérebro desconhecido, mas do meu corpo. Passou a examinar com cuidado minhas patas (mãos?), minhas unhas. Acariciar meus pelos. Meu rosto. Minhas costas. Fazer cócegas. Massagem. Procurar nódulos de tensão nos meus ligamentos, minhas juntas, soltar meus músculos.

E depois de uma sessão de massagem, carinho, amor, quando me encaixou em seu quadril, para me levar de volta para a jaula, aconteceu o inevitável, meu coração começou a acelerar, todo o sangue do meu corpo se deslocou para um membro, exibi uma ereção que ninguém daquele laboratório tinha visto, agarrei de leve seu pescoço, inclinei minha cabeça sobre seu ombro, comecei a tremer, da cabeça aos pés, minhas pernas e meus braços entrelaçaram seu tronco, os espasmos chamaram atenção, os chimpanzés começaram a gritar, pesquisadores se viraram para nós, para ver o que acontecia, meu membro ereto se firmou entre seu braço e a manga do seu avental branco, meu ventre se movimentou como num coito rápido, todos passaram a rir, os chimpanzés a urrar, Kátia paralisada não conseguiu desgrudar até eu gozar, ejacular um estimado, raro e indubitável esperma oleoso, porra ameaçada de extinção que se espalhou pelo seu braço, respingou, jato de um adolescente vivenciando pela primeira vez a experiência de um orgasmo, pronto para a reprodução.

Meus braços e pernas fraquejaram, fui deslizando semimorto até o chão, ainda com alguns espasmos nos dedos. Espantado pela experiência. A primeira. Inesperada, já que nunca fui ensinado que aquilo viria daquela forma.

Kátia deu um pulo para trás. Em seus olhos, nojo, desprezo, nojo, traição. O que senti a seguir é difícil de descrever. Seu macho, orientador, esse massacre chamado progresso que é a história universal, como dizia Marx, gritou, pulou sobre mim e começou a me esganar.

Deixei que me matasse.

Deixei que exprimisse todo o ódio. Eu não tinha forças revolucionárias para guerrear. Era um guerrilheiro vencido pelo cansaço. Os alunos pularam sobre ele. Não deixaram cometer um crime ambiental sem proporções. Alguns orientandos o seguraram, outros começaram a se agredir, um quebra-pau generalizado, alguns me carregaram de volta para a gaiola, me jogaram como um animal desprezível, um cobertor velho.

Ainda vi Kátia se lavar na pia, tirar o avental, esfregar sabão na pele até ficar toda vermelha, e a vi ir embora, sem olhar para trás.

Fui trancado, isolado, ignorado, esquecido.

Recebi meu castigo, o do desprezo total da ciência.

O que talvez tenha sido, de certa maneira, um presente: meu passaporte para a liberdade.

Isto é, para o convívio com animais do zoológico da cidade vizinha.

Deixei de ser objeto de estudo para ser personagem do entretenimento urbano. Passei a ser mais um morador do parque. Outro morador. Outro macaco. Um macaco vermelho, feio e desengonçado. Um Orangotango da Indonésia, com o selo (status) de espécie ameaçada de extinção.

Segunda morada — Exílio na grande jaula repartindo produtos roubados com macacos que macaqueavam para o deleite dos visitantes do zoológico de outra cidade interiorana, agrícola, de clima tropical

Antes eu era um primata alienado e feliz, objeto de estudo de um departamento acadêmico, parte de uma pesquisa científica, atraído por minha responsável, Kátia. Passei a me sentir um explorado não mais puro nem alienado, parte da classe dos símios de um departamento acadêmico, parte de uma pesquisa científica, iludido por seus treinadores, nossos algozes.

Depois que me transferiram para um zoo, piorou. Virei um objeto em exposição. Para deleite de macacos nus e seus filhotes.

Deve fazer bem para a alma de um indivíduo ver animais selvagens aprisionados. Levam pais, filhos, agregados, a família toda de eretos, para reafirmarem na velhice e confirmarem desde a infância os papéis de dominado e dominante, de castas, classes do reino animal, do reino dos primatas, entre símios, entre macacos!

Deve fazê-lo se sentir o grande dominador da natureza, o patrão do reino de animais ferozes, selvagens, feras que já foram no passado seus predadores, uma ameaça à sua soberania, como ursos, lobos, tigres ou leões, que trucidavam aldeias, cujas espécies foram pouco a pouco sendo extintas.

A começar pelo infeliz do mamute, lindo e enorme mamífero exterminado no holocausto que sucedeu a ocupação da América pelos homens, que também exterminou, na Idade da Pedra Lascada, o Paleolítico, a preguiça-gigante, o tigre-dentes-

-de-sabre, assim como o pássaro dodô, uma ave gigante, e em tempos recentes o tigre-da-tasmânia, abundante na Austrália, meio cachorro, meio anta, listrado, cuja imagem de um único exemplar, um coitadinho que anda desesperado e assustado por uma pequena jaula num zoológico de lá, atordoa e demonstra a crueldade humana em seu mais alto grau.

Até o alerta vermelho lhes dar a ideia insana de nos exibir como troféus ou elementos de entretenimento sádico e de pedagogia, vivos ou empalhados, retratos ou ossos reais. Ah, se os dinossauros pudessem existir concomitantemente com os humanos... Acabariam com a farra da ocupação desordenada, da sangria de recursos, da exploração descontrolada e da degradação do meio ambiente. Em dias.

Na cidade para que me mudaram, o único animal regional de porte nativo era a onça.

No zoológico para que me mudaram, tinha onça, leão e tigre. Com girafa, estrela do nosso parque de exposições.

Leão que, depois de anos solitário e entediado, ganhou a companhia de uma leoa também dócil, também entediada, abismada por ter poucos metros ao seu redor, numa jaula com fila atrás das grades de muitas famílias para observá-la, pessoas barulhentas, gulosas, coloridas, infames.

Fui dopado para ser transportado para minha nova morada, a jaula do zoológico. Dormi e acordei com a barulheira de macacos-aranhas.

Outro cheiro. Outros sons.

Meu exílio foi tão acintoso que não se deram ao trabalho de observar se eu me daria bem com eles. Nada de quarentena. Eu poderia ser contaminado por uma mordida ou unhada desses primatas inferiores do Novo Mundo.

Depois do meu début sexual no braço da minha antiga tratadora-pesquisadora, um desprezo sem proporções recaiu sobre mim, vítima da intolerância dos humanos com macacos, que por vezes são apedrejados e exterminados se um surto de febre amarela atinge uma região, como se apenas nós fôssemos hospedeiros de todo o mal da humanidade, raciocínio carente de lógica, que prova a necessidade íngreme de humanos se afastarem de nós, seus parentes distantes, traídos pelas mutações da evolução, e nos negarem como parentes próximos.

E aí entram as religiões monoteístas e o que a microbiologia não nega, ao analisar nossos DNAs. Tentaram por milênios iludi-los com a versão de um Deus criar o homem à sua face. Errado. A ciência prova: somos todos primatas.

Como Darwin chegou à sua teoria simples e engenhosa? Pelo óbvio.

Descobriu que TODOS os ossos do esqueleto do homem podem ser comparados com os ossos correspondentes de um macaco, de um morcego, até de uma foca. O mesmo vale para os músculos, nervos, vasos sanguíneos e órgãos internos. O mesmo vale para o que Darwin considerava o órgão mais importante, o cérebro.

Detalhe: sulcos e pregas do cérebro humano apresentam analogias com apenas uma espécie, a dos orangotangos! Surpreso?

O homem pode receber e passar certas doenças a "animais inferiores" (Darwin foi cuidadoso ao chamar macacos de superiores e todo o resto de inferiores), como hidrofobia (nós, macacos, temos de sobra), varíola, sífilis, cólera, herpes; o que prova a semelhança entre nossos tecidos.

Nossas feridas saram pelo mesmo processo de cicatrização.

Macacos também têm catarata, inflamações, os mais jovens também mudam de dentes (dentes de leite), remédios nos homens produzem o mesmo efeito em macacos, também adoramos chás e cafés, e o próprio Darwin testemunhou:

1. Macacos também adoram fumar.
2. Macacos ficam bêbados e, depois, de ressaca.

É estreita a correspondência na estrutura geral, na estrutura particular dos tecidos, na composição química e na constituição entre homens e animais superiores, especialmente os macacos antropomorfos, escreveu.

O embrião humano é idêntico ao de outras espécies, como o do cachorro!

As orelhas dos chimpanzés e orangotangos são "estranhamente semelhantes" às dos homens.

O que mais o impressionou, e Darwin chegou a desenhar na edição original, de próprio punho: o feto de um orangotango é idêntico ao de um homem.

Minha solidão naquela jaula foi absoluta.

Senti falta dos meus livros. Senti falta do laboratório também escola. Da lousa da creche anexa, das crianças. Dos estudantes de avental. Dos jogos. De ser objeto de pesquisa. De receber um tratamento diferenciado de uma espécie em exposição para entretenimento.

Senti falta da filosofia, da biologia.

Estava numa jaula com uns cinco macacos-aranhas, superiores, apesar de parecerem inferiores, mas me senti sozinho, deprimido. O vazio da minha existência foi aos poucos preenchido por uma saudade sem adjetivos de Kátia. Por quem eu era absurdamente apaixonado, amava mais do que minha própria vida, e que me desprezou para a lógica que sempre nos uniu: você é um macaco, sou uma humana.

As mãos de Kátia me tateando, seu olhar de navegante à deriva, que me via como único companheiro em seu barco, sua felicidade com o avanço das pesquisas, a timidez, a voz serena, a paciência eram um contraste com a nova cena de anarquia, balbúrdia e egoísmo que eu via diariamente.

Altruísmo é uma condição humana, disse Kant. Eu morreria e mataria por ela, caro Kant. Senti falta dos meus filósofos. Logo quando afinava o pensamento marxista darwinista.

Minha tristeza se aprofundou.

Eu não saía da sombra do fundo da jaula.

Não olhava para os macacos.

Não olhava para os curiosos visitantes.

Olha o macaquinho. Olha aquele macaco maior lá no fundo. Não é um macaco, é um cobertor velho jogado. Não, é sim, respira, reparem. Mas ele se mexe? Mas ele existe? Não, é um pano úmido, velho, vermelho, jogado.

Eu tinha entrado na adolescência e vivenciava a crise da adolescência.

Eu tinha entrado na adolescência e já desistia de viver.

Eu tinha entrado na adolescência e já queria deixar a velhice.

Ainda bem que não deu tempo para me aprofundar em Nietzsche ou nos existencialistas. Eram os próximos da minha lista, se não tivessem...

De onde eu estava, ouvia pássaros, hienas, latidos de cachorros, micos, o rugido do leão, da onça, mas principalmente os urros de inconformismo de um gorila, urros que faziam tremer as árvores, assustavam as aves, acordavam todos, urros de alguém que partia para o front, que corria por um campo aberto, na linha de tiro, entre trincheiras, que ameaçava a soberania do homem.

Gorila ironicamente chamado de Fidel.

Melhor era a vida de um gorila de Belo Horizonte, que se chamava Idi Amin e vivia com duas fêmeas vindas da Inglaterra, com quem trocava carícias.

Nosso gorila, Fidel, era barbudo como El Comandante. Não tinha um harém. Não tinha ninguém. Vivia com pneus, troncos e tubos de concreto.

Eu precisava imaginar onde estavam todos, à distância. Eu ainda não tinha noção da disposição e do tamanho daquele zoológico.

Os gorilas causam fascínio e medo nos humanos. É uma espécie que ameaça com propriedade a sua soberania e sempre foi caçada de forma implacável. É o maior primata. É o DNA mais próximo dos humanos. Chega a dois metros de altura e pode pesar até duzentos quilos. É rápido, ágil, surpreendente. Camuflado na grama alta, é impaciente. Não aceita provocações e invasões em seu espaço.

Territorial, mata um humano com uma facilidade incrível. Como um leão, um urso, um rinoceronte.

No cativeiro, sedentário, pode pesar trezentos quilos. Movem-se eretos numa distância curta, inédito entre outros primatas, além de vocês. Também se alimentam de insetos, folhas, sementes e frutas. Também têm oito meses de gestação e procriam a cada dois ou três anos (mais apetitosos sexualmente que orangotangos). Também vivem em média de trinta a cinquenta anos. Também aprendem linguagem dos sinais. Também têm os limites da inteligência desconhecidos. Também usam ferramentas (pedras, gravetos) para abrir frutos ou caçar cupins. São da África, como os seus parentes próximos, os Chimpanzés.

Ouvi-lo toda a noite reacendeu em mim instintos de também negar a condição de escravo. E de reagir, contestar. Foi quando, junto com os aranhas, comecei a roubar dos que se aproximavam demais da jaula.

Minha vingança conterá a opressão humana. Arrancava óculos com meus braços finos e compridos, feitos para me pendurar em árvores, e os quebrava. De velhos, jovens, senhoras, moços, estudantes, crianças. Depois ria, gargalhava. Roubava bonés, celulares, que atirava longe, guarda-chuvas, bolachas, sacos de batatas, fazia crianças chorarem, pais se desesperarem, criarem conflitos desnecessários com os filhos que se aproximaram demais da jaula.

Então, minha salvação.

Aprendi a abrir zíperes de mochilas e roubar revistas, jornais e livros. Não atirava longe. Levava para o fundo da jaula, onde escondia debaixo de uma pedra. Pelo volume das bolsas e mochilas, eu sabia quais continham algo que eu pudesse ler. Como vinham muitos estudantes, roubei e li muitos livros didáticos e romances históricos e contemporâneos.

Mas a leitura daquele povo era desanimadora.

Muitos livros secundários, pobres, com frases curtas, que não levavam à reflexão. Pouca filosofia. Biologia amadora. Matemática e física desinteressantes. Romances bons, curiosos. Era a única coisa que prestava, além de Doritos.
    Li muitos jornais e revistas. Eventualmente, uma coisa surpreendente aparecia: *Batman*.

    Era uma tarde chuvosa, poucos visitantes, animais calmos pelo parque, pouca atividade entre macacos-aranhas. Não sei quanto tempo se passou. Já começava a gostar daquela minha vida de rebelde, macaco revolucionário, cuja bandeira era derrubar o sistema, criado para nos tirar de hábitats, roubar nossos filhos e pais e nos transformar em atração provinciana. Então vi uma moça parada no fundo da alameda, com um guarda-chuva, me encarando. Escorria água da chuva por todo o avental. Eu não saberia dizer se chorava ou se era a água da chuva que escorria pelo rosto. Ela me encarava triste e curiosa. Olhei sem sair do lugar, da sombra do canto da minha jaula. Ela então fez gestos com as mãos. E repetia. O que ela queria dizer? Claro, a frase que me ensinou: "Ao te ver, tenho borboletas voando no estômago". Sim, não precisa repetir, já entendi. Você está emocionada, tocada, também com saudades. Sei o quanto fui importante para você. Desabrochei seu caminho para a ciência. Ensinei a observar, anotar, insistir, repetir, questionar, buscar alternativas, provar. É óbvio que você também foi tão ou mais importante para mim. Aprendi muito com você. Ansiava por sua chegada todos os dias. Ácidos causavam um tumulto no meu estômago quando eu te via. É a coisa mais linda que vi, mais graciosa com que convivi. Desabrochei também, acordei do meu sonho que era a selva, aprendi a lidar com o mundo cheio de conflitos e contradições que vocês criaram. Amei. Idolatrei. Minha amiga, parceira, professora, amante. Mas... É, mas... quando há um mas, não há, não completamente, não se monta, não termina. Não existe. Não respondi. Não saí da sombra do meu anonimato. Notei, mas não reagi de volta, não acenei. Adolescente sofre. Mas também tem uma capacidade de superar e desapegar... A chuva apertou. Kátia foi embora mais uma vez sem olhar para trás.

    Não dormi bem naquela noite.

    Nem eu nem Fidel, que urrou sem parar.

    A chuva também não parou. Choveu por semanas. Com chuva, nada de visitantes. Sem visitantes, o tédio aumenta.

    Passei então a sentir falta daquela manada de curiosos que vinha nos visitar. Eu os odiava por terem me aprisionado, mas os amava por me darem uma rotina, algo, sentido na vida, nem que o sentido fosse odiá-los.

    Serei como um prisioneiro que se liga conflituosamente ao algoz e demonstra empatia por sua causa? Eu não demonstrava empatia alguma pela causa humana, aprisionar animais selvagens para deleite dos seus olhos, o filho de Deus, gesto insano que causa sofrimento a milhares de animais em todo o mundo, alimenta o tráfico, mata pais de família, acorrenta vítimas que não saberiam retornar ao lar, que são obrigadas a conviver com outras vítimas de outras regiões, que não conseguem se comunicar entre si, e são negociadas pela indústria de cosméticos, farmacêutica, laboratórios de pesquisa, parques privados, zoológicos, homens ricos, gente de circo, gente do mal, que vê naquela vítima do tráfico uma chance de faturar um trocado, o que movimenta a sociedade dos homens e mulheres.

    Numa manhã, acordei mais tarde do que o normal com a jaula vazia. O silêncio me fez perder o café da manhã. Acordei sozinho. O que me deu uma alegria incomum. Remanejaram os macacos-aranhas, deduzi. Nunca antes eu tinha ficado sozinho. Nunca antes tive tanto espaço só para mim, sem a vigilância de chimpanzés, aranhas, pesquisadores, estudantes.

Corri pela jaula como um macaco-aranha.

Gritava, pulava, batia com os pulsos e as mãos no peito, dava cambalhotas, num estado de excitação nitidamente revelador, euforia que duraria pouco, e logo cairia sobre mim lentamente o manto sem luz da depressão profunda.

Outra.

Os dias se passaram. Visitantes não me motivavam, e eu não os motivava. Ficava como um cobertor velho no fundo da cela. Ler não me interessava mais, nem o lixo literário que me era ofertado indiretamente pelos humanos. Não me excitava mais o urro do leão, os gritos da onça. Não me comoviam os apelos de Fidel.

Aos poucos perdi as forças para interagir, comer, escutar os sons do parque e desvendar de qual bicho vinha. Agora, sim, eu era um nada, um cobertor vermelho velho e molhado, esquecido, como uma almofada velha jogada numa lixeira.

Na maior parte do tempo eu dormia.

Mal me mexia.

Engatava um sono no outro.

E, de tanto dormir, não percebi a chegada de outro cobertor velho, vermelho, se mexendo na minha jaula. Andava de um lado para outro e, por vezes, me dava um tapa na cabeça. Beijava o ar, tentando se comunicar comigo. Sentei e vi o inacreditável, outro orangotango comigo na jaula.

Era diferente.

Não tinha o rosto achatado, a bochecha amassada como uma frigideira, a testa com uma entrada como uma pequena bunda que a divide em dois, franja estilo começo de carreira dos Beatles. Tinha bochechas proeminentes, simpáticas, olhar doce, cabelo que parecia penteado repartido no meio, barbicha ruiva. Era uma orangotango!

O susto me fez despertar como se estivesse à frente de um tigre.

Urrei e corri indignado.

Aquilo era ultrajante. Como não me consultaram? Aquilo era um pesadelo. Como me consultariam? Aquilo era uma afronta.

Não me consultar prova a necessidade sádica de indicar quem manda naquele hábitat.

Aquilo era desesperador. Me querem como procriador. Me trouxeram uma fêmea sabe-se lá como e de onde para aliviar as tensões sexuais da juventude. Querem vida naquele espaço apertado. Vida que eu teria que gerar. E para isso teria que...

Na macaca?

Impossível!

Sexo com animais é uma aberração que até a indústria de vídeo pornô condena.

Diante de um público infantil?

Perderam a razão.

Querem que eu faça SEXO com este símio peludo que não para de se mexer e dar tabefes na minha cara. Vi alguns tratadores diante da jaula. Riram de mim. Poucas palavras. Debochavam:

— Conheça Kinder Ovo.

— É para comer, não abrir.

Kinder ria também. Estava magneticamente feliz. Aparentemente ganhou a liberdade há pouco, se é que aquele espaço curto pode ser chamado de liberdade.

Pulava para esticar as pernas, braços, se pendurava em tudo, tentava interagir comigo, e eu... *Kin, dá um tempo, eu não quero você, é nojento imaginar, você é um bicho...* E enfiava o boné nos olhos.

Durante o dia, tínhamos a paz dos muitos visitantes que passaram a se acumular para ver a novidade que deve ter saído no jornal da cidade, já que qualquer novidade naquele zoo saía no jornal da cidade, que monitorava inclusive os óbitos e a natalidade em cativeiro.

Durante o dia, Kin fazia macaquices aos visitantes (desautorizadíssimas para membros da nossa espécie rara, ilustre, inteligente, superior, que usa ferramentas e tem uma memória de invejar os próprios humanos), adorava a recepção, interagia. Era uma deslumbrada com a fama de início de carreira.

Eu não saía do canto, lendo escondido, por vezes de costas e, claro, recebendo afagos de Kin, o que levava o público a aplaudir, assoviar, gritar *Vai Fundo, Kinder Ovo!*

Ela beijava o ar, tentando se comunicar comigo, numa língua que, na verdade, nunca aprendi.

À noite meus problemas começavam.

O parque fechava.

As luzes se apagavam.

Kin passava a ser um vulto assustador. Quando eu achava que estava à direita, ela me cutucava pela esquerda e arrancava meu boné. Por vezes, quando eu adormecia, ela caçava piolhos na minha cabeça, me acordando com aquele gesto selvagem, primitivo, que jazia no meu inconsciente coletivo, me oferecendo insetos que há muito eu não comia, por nojo.

Por vezes, ela se engraçava, sentando ao meu lado ou se esfregando nas minhas coxas. Jogava o boné longe. *Não faça isso, Kin, seja uma boa menina.* Parecia que o entrave da nossa procriação estava naquele boné do Batman, sinal de que eu andava de braços dados com a cultura dos homens e me afastava de meus instintos primitivos.

Numa noite, ela simplesmente se instalou na minha frente, de quatro.

Comia alguns biscoitos de polvilho e pipocas que atiraram em nós. Sem querer, vi seu ventre. Desviei o olho, envergonhado, consciente de que olhava para a intimidade de uma garota, e voltei a olhar. Ela percebeu, abriu os lábios, sorrindo. Mas eu, horrorizado com o que via, algo estranho na minha frente, confuso, perturbador, uma... como eu diria, uma... eu não consigo.

Uma vagina orangotanga úmida, rosa, rodeada por lábios escuros e uma pele com pelos, pelos em todo o corpo, exalando um cheiro forte. A coisa mais esquisita que vi na vida. *Não vai rolar, Kin. Parte pra outra. Supere. Meu coração tem dona. Não consigo, macaca. Impossível. Não dá. Não sinto nada, só repulsa. Não quero. Não posso. Sai da minha frente. Some. Desapega.*

A imagem era a de uma carne enrolada num cobertor felpudo, com um buraco rosa no meio, que embrulha o apetite até de um carniceiro, uma hiena, um urubu. *Foi mal, gata. Foi mal.*

Madrugada, numa vingança imprevista, Kin se encheu e passou a me agredir violentamente com pedras, paus, mordidas, unhadas. Gritava e atacava. Acordou todo o zoológico. Uma euforia animal virou uma barulheira enorme vinda de todas as jaulas.

Quem urrava, urrou, quem berrava, berrou, quem latia, latiu, quem piava, piou. Fidel ficou exaltadíssimo. Pássaros não aprisionados voaram, peixes do lago saltaram. A macacada não sossegou. Por sorte, foi o que me salvou. Quando ela me esganava, um símio sem qualquer reação, ainda adepto da não violência que já nem insetos (proteína animal) comia (me transformara num não agressivo vegetariano), luzes dos corredores foram acesas, tratadores chegaram e começaram a bater nos ferros das jaulas, até encontrarem o motivo de toda a algazarra.

Com um cabo com um laço de aço flexível na ponta, conseguiram enlaçar Kin e a puxar para a grade. A reação dela foi de arrepiar. Quase enforcada, se debateu como se numa convulsão recebesse um choque de mil volts. O chão e as grades balançaram como num terremoto.

Ódio saltava de seus olhos.

O olhar direcionado a mim, inerte no fundo da jaula, covarde pensador, que nem macaco mais tinha a coragem de ser, que nem a condição animal conseguia assumir, covarde que não era uma coisa nem outra, era um nada, um pária, não ajudava nas pesquisas do departamento de sociobiologia, não entretinha visitantes do parque zoológico da cidade vizinha e não sairia na gazeta da cidade, como pai de uma criatura nova procriada em cativeiro, feito que sairia na capa, com direito a foto.

Um revólver com um dardo instantaneamente sedou Kin.
E eu, que não tinha nada com aquilo, nem precisei ser sedado por um tiro. O covarde sedado pelo próprio medo desmaiou. Fim da história.
Ponto parágrafo.
Fim da história?

Acordei com o braço raspado, sem meu boné, uns pontos de linha costuravam minha carne, no antebraço, o que usei para me defender. Na perna, um tecido branco enfaixava minha canela. Cicatrização igual à dos humanos, tratamento igual ao dos humanos. Primeiro me certifiquei de que doía um pouco para caminhar. Kin fizera um estrago considerável com seus dentes, que me morderam pelo ódio à rejeição.
Onde eu estava?
Não era no laboratório de antes.
Estava com cachorros que latiam e gatos que não se mexiam, amedrontados, cada qual numa gaiola.
Estava numa gaiola forrada de jornais.
Assim que ergui meu corpão já de quase dois metros de envergadura, todos os animais se calaram abismados. Acredito que, ao erguer o braço, eles se calaram, pois um odor razoavelmente forte, misto de sangue e suor, até a mim incomodou. Olhei com atenção. Muitas mesas cirúrgicas enfileiradas, mesas em que cabe um cachorro de grande porte. Mas aqueles não eram animais selvagens dignos de um zoológico, mais pareciam animais domésticos, que os humanos gostam de ter para si, nomear, dar ordens, brincar, viajar, passear, amar, como complemento de uma família: agregados.
Devia ser de madrugada, pois não tinha uma alma humana ao redor.
Li os jornais nos quais estava acomodado. Era um jornal grande. Portanto, soube de crises internacionais, países em guerras, governos depostos, índices das bolsas, preços das

commodities, estreias de filmes, peças de teatro, análises duras sobre investigações de políticos.

A luz de neon branca não estava em toda a sua potência, mas eu conseguia ler e passar o tempo.

Estar num lugar novo me tirou o sono.

Percebi que o fecho na minha gaiola era muito mais fácil de abrir: apenas um ferrolho, uma tranca metálica, que nenhum gato ou cão conseguiria operar, mas que, com um simples toque do meu polegar, se moveria, abrindo. Se era muito mais fácil de abrir, abri.

Desci da gaiola sem fazer barulho. Alguns cachorros mais espertos me viram e se ergueram, mas continuaram em silêncio. Examinei uma grande estante com porta de vidro com remédios, seringas, ataduras, soros. Não vi livro algum.

Numa antessala, percebi que parecia um espaço para humanos se sentarem diante de uma mesa com telefone. Abri gavetas. Muitas fichas com nomes de bichos e seu estado de saúde.

Saí da sala por uma porta. Quando me dei conta, estava na ala externa, fora do prédio: o cheiro da noite no zoológico, o silêncio do mundo, o frescor, as estrelas...

Uma plaqueta presa no gramado: VETERINÁRIA.

Eu estava ainda no parque, numa clínica veterinária, na fronteira dele com a cidade. Não tinha preparo físico para ir muito longe. Subi o gradil da janela. Sim, eu estava no familiar zoológico (senti pelos cheiros e pelo ronco particular de animais noturnos).

Percebi que, num certo sentido, estava livre para fugir. Pela primeira vez na vida. Mas fugir para onde? Voltar para o zoo? Para uma floresta? Que floresta, se eu era elemento de um parque dentro de uma cidade interiorana de uns trezentos mil habitantes? E fugir como, com esta tala na perna?

Pensei melhor.

Aquela era uma oportunidade que eu não deveria desperdiçar, sim. Mas, calma. Um passo de cada vez. Curar os ferimentos. Reconhecer o inimigo e o aparelho repressivo, seu sistema de defesa. Conhecer a rotina da vigilância. Reconhecer o território. Melhorar o preparo físico. Investigar o terreno, e só então decidir o próximo passo.

Voltei para o salão da Veterinária, subi na jaula, deixei o fecho "trancado" e me deitei, excitadíssimo com o mundo de oportunidades que se abria.

— Olha um tigre!
— Isso aí não é tigre, é leão — ouvi certa vez, camuflado no topo das árvores diante de sua jaula.

Esta é a forma indecente com que os homens percorrem os corredores do zoológico com seus filhos, corrigindo-os, observando o casal entediado de leões. Por vezes, as crianças gritam, chamando:

— Leão.

Como se Leão fosse o nome do leão. Não ligam para a leoa, que está ao lado. Ambos deitados dentro de um grande tubo de concreto, parte do cenário da sua jaula, na sombra. Tão soberba, caçadora eficiente. Ambos olham fixamente para os meus olhos. Olhos amarelos que sempre encaram os meus.

Felinos nos olham nos olhos, para antever nossos próximos movimentos. Apesar de ambos não sofrerem nenhuma ameaça concreta. Sobrevivem instintos, mesmo dentro daquelas grades impiedosas. Estão mesmo mais preocupados em gastar o tempo (para que passe logo o calor) do que com questões profundas da sua existência.

Um leão da África, considerado um mamífero exótico com mais de duzentos quilos, que come carne e vive cerca de vinte anos, o grande rei da selva, tem que encarar uma horda de curiosos e seus filhotes ignorantes que por vezes jogam gravetos nele para provocá-lo. Gravetos que não fazem a menor diferença, não desviam sua atenção nem o tiram do vazio existencial.

Reparo que aonde vou, calmamente, pela copa das árvores, sem chamar a atenção, ele me olha. Não sei se existe algum instinto de caça, ou se minha carne símia é saborosa.

Está me olhando fixamente. Pisca para mim, eu pisco para ele. Pisca para mim, eu pisco para ele. Pisca para mim, eu pisco para ele. Está tentando se comunicar comigo. Pisco, ele pisca. Talvez saiba que eu entendo seu tédio e a inexistência de sentido em sua existência, e o desprezo comum que temos ao ver essas pessoas barulhentas que não param de falar.

Pisca para mim, pisco para ele. Percebo que, sim, para onde vou, ele me olha.

— Que lindo — dizem as pessoas.

Continua me olhando. Que fantástica a comunicação que criamos entre nós. E era a primeira vez que nos víamos.

Minhas fugas eram vespertinas, pela porta de trás da Veterinária, que só atendia e operava de manhã, dezenas de cachorros atropelados, espancados, gatos com patas feridas, todos despedaçados ao brigar nas noites anteriores com machos alfa da redondeza.

Entendi rapidamente a rotina daquela clínica.

Atendia o zoo.

E atendia gratuitamente os animais dos moradores dos bairros vizinhos. As consultas, as operações e as castrações eram gratuitas, para sanar um problema de saúde pública e, ao mesmo tempo, treinar futuros profissionais.

Quatro a cinco atendimentos eram efetuados ao mesmo tempo, nas pequenas mesas de alumínio enfileiradas. Parecia uma confecção, cada qual com seu equipamento, que incluía linhas e agulhas. Monitores e professores monitoravam. Casos complicados requeriam a presença de mais gente ao redor do bicho sedado, anestesiado. Usavam o mesmo procedimento isolante e campos higiênicos para os animais não contaminarem uns aos outros. Eram atenciosos, cuidadosos, tanto com vira-
-latas atropelados sem dono como com os cachorros limpos e domesticados.

A antessala era uma balbúrdia de gente tensa, esperando impacientemente a vez, com seus animais amados doentes ou feridos no colo, desesperados pelo atendimento de um profissional, ou dos vários, que só trabalhavam de segunda a sexta de manhã.

À tarde, todos partiam. Iam estudar, ou para suas clínicas particulares, não sei.

À tarde, ficávamos a sós com um tratador que nos alimentava e limpava a jaula dos internos, como eu. No meio da tarde tinha um período em que ninguém ficava naquela ala. Exaustos, faxineiros, tratadores, funcionários iam para a antessala. Era quando eu abria a gaiola e partia para minha expedição pelo reino animal.

De uma janela, escalei para outro ambiente, até sair por uma porta com a inscrição EMERGÊNCIA.

Na primeira vez foi sem a tala na perna, mas ainda com curativos no braço e na canela. Ia pelas árvores, sem nunca ousar colocar os pés no chão do zoológico. Ia de árvore em árvore, pacientemente, conhecer o que até então eu conhecia por olfato e audição. Me orgulhei da minha habilidade de orangotango, andar de galho em galho, de árvore em árvore. Consegui pelo alto conhecer meus vizinhos, interagir com eles.

Em frente ao leão, a jaula da onça-pintada, brasileiríssima, ameaçada de extinção, um bicho magnífico. Dorme sem que ninguém perceba que tem um felino ali dentro em cima da pedra.

De repente alguém se aproxima e fala:

— Olha, um tigre.

Então, o pai corrige:

— Não, esta é uma onça.

A onça também me olha, camuflado na copa das árvores. É um dos animais mais belos que já vi na vida. Aparece um turista dizendo para a filha:

— É um gato grande.

Que comparação desrespeitosa. Como pode comparar um animal majestoso das florestas brasileiras com um gato grande?

Ao lado, a maior jaula, a do solitário tigre. Sempre solitário. A onça-pintada nem costuma aparecer, tímida, exaurida pelo calor. O tigre, assim como o leão, é obrigado a olhar para as pessoas que o chamam de tigre:

— Ó tigre.

Uma poça d'água mostra o quanto esse felino é fã da água. Ele não dá uma volta pela jaula sem pisar nela.

Passam pessoas com perfumes exagerados que ferem a grande capacidade olfativa dos felinos. Que agridem todos os cheiros da natureza. Que desorientam talvez mais do que seus gritos, inconveniência, ignorância. Por que falam tão alto?

O rugido da onça faz todos se calarem. O rugido do maior felino brasileiro do qual há poucos instantes o visitante disse:

— Essa aí não faz nada.

O susto com seu rugido, o poder de suas cordas vocais sendo friccionadas pela sua respiração, deixou os visitantes em silêncio por um momento. Foi uma demonstração de quem manda ali. No entanto, sabemos que este rugido foi um pedido de clemência, para que ela seja alimentada ou sacrificada, numa eutanásia autorizada que jamais ocorrerá.

O tigre também demonstra impaciência e começa a se mexer pela jaula. O fedor de um tigre é algo detectável a quilômetros, mas e daí? Quem vai ameaçar um tigre? Na evolução, ele era nosso grande predador. Cheiro de uma caverna de onça também é detectável a quilômetros, especialmente se lá são guardadas partes da sua refeição.

Ainda no zoológico, o tigre e a onça mantêm seus odores perigosos. Leões são mais higiênicos.

Aliás, disso não ficamos atrás. Darwin fala do incrível olfato de cachorros, até de cavalos, e do olfato quase nulo dos homens e macacos. Porque não precisamos dele, já que no início vivemos de frutas e insetos. Mais irônico ainda: talvez seja bom mesmo, para nós, não o ter de forma apurada, para conseguirmos conviver, animais sociais que somos, em árvores ou cavernas, com nosso agrupamento de familiares... fedorentos.

* * *

Morreu a girafa.

Saiu no jornal local.

A morte da girafa causou um reboliço, já que suspeitas de desvio de dinheiro do zoológico por parte de funcionários corruptos da prefeitura quase levaram o prefeito ao impeachment. Irônico, um poderoso político de uma cidade rica paulistana devido ao agronegócio ser demitido por causa do descuido com uma girafa da África. O segundo em uma década de políticos que pouco ligam para o sentido de um zoológico e estão mais interessados em satisfazer seu grupo de eleitores barulhentos e ignorantes, que costumam infestar as alamedas do parque nos finais de semana. Às vezes com roupa de ginástica, roupas coloridas. Quase sempre com seus filhotes, nunca sozinhos; é um programa de família confirmar a soberania do homem sobre a natureza, perante os animais.

Uma doutrinação.

Uma catequese.

O hipopótamo raramente sai da água: fica com as duas pequenas orelhas, a narina gigante, os olhos para fora. Faz sucesso, apesar de ninguém vê-lo por inteiro. Que carisma... É uma baleia-vaca, com a pele lisa, sem rabo. Alguns falam que é feio, mas o hipopótamo exerce um fascínio inexplicável, esse que é considerado um dos mais agressivos animais do nosso reino, de um gênio que pode mudar da paz para a enorme agressividade sem explicação, atacar canoas, barcos, lanchas.

— Como é o nome disso?

— Hipopótamo — repete o filho.

— Hipo o quê?

Como assim hipo o quê? É o animal mais pesado aqui do zoológico. Pesa quase meia tonelada. Na natureza, só perde para o elefante.

— Passa o tempo todo na água? — pergunta o velho.

— De vez em quando ele sai por aí — ironiza o filho.

— Hipo o quê?
— Hipopótamo.
Que desprezo por uma das belezas da evolução. Uma criança ainda filma. Como já deram a ela este aparelho que é a desgraça da falta de observação?
E por que desgraça passei a entender o que dizem?
Só alimentou meu rancor por sua espécie.

Imagino como esses animais gigantes da África chegaram ao Brasil.
De navio?
De avião?
Como terá sido essa viagem, a mesma que a minha, com a diferença que eu era apenas um bebê, um macaco simpático, enquanto eles podem ter causado problemas durante o transporte?
Não deve ter sido fácil dominá-los, sedá-los e transportá-los à força para um país tropical do outro lado do Atlântico, que não tem espécies comparáveis com as suas, mas também é regido por clima equatorial, pantanoso e tropical.
Micos estão separados dos macacos. Micos e saguis até pelos homens são considerados uma espécie insignificante, quase como um pombo sem asas, um rato das árvores. Ganha a designação de macaco como nós, nessa indecente generalização da espécie humana, que demonstra o total desprezo por nós depois de nos dominar. Micar é verbo para designar que algo deu errado.
Saguis ou micos se alimentam, como nós, de insetos, frutas ou até minhocas. Mas as pessoas costumam oferecer sorvete, bolacha, pipoca, quibe, esfirra, hot dog, todo tipo de comida podre, oleosa, salgada, gordurenta, que alimenta, mata e engorda a espécie humana.
A ala deles é a única que tem um alerta enorme para que não se alimentem os animais. Talvez porque seja fascinante para

essa turba de humanos ignorantes e mal-educados jogar comida para esses bichinhos que parecem macaquinhos inocentes, mas são uma praga.

Pássaros, os descendentes mais próximos dos dinossauros, exercem fascínio entre os brasileiros, porque, misteriosamente, pássaros brasileiros costumam falar e cantar. Araras, assim como papagaios, estranhamente imitam o som da voz humana.

Quanto mais coloridos, mais fascínio exercem os pássaros, com seus pios, presos em jaulas em que não podem alçar voos. Não são pios de alegria, mas de um desespero pela falta de liberdade, que poucos humanos compreendem e com que poucos humanos se solidarizam.

Os pássaros são procurados pelo tráfico ilegal de animais silvestres. É talvez a raça mais ameaçada. Pássaros comuns, ararajubas, estão desaparecendo das florestas brasileiras.

Homens querem ter pássaros enjaulados em casa para do seu pio sentirem um tipo de prazer, por terem apenas para si uma parte da exuberante natureza. Qual sentido de colocar em pequenas gaiolas pássaros inocentes que não piam para alegrar os homens, mas em desespero pela condição em que se encontram? Alguns com asas cortadas para não fugir, outros que passam dias e horas no escuro para que depois o pio seja mais desesperador, mais angustiante e mais satisfaça o homem, a classe dominante, que os detém prisioneiros.

Uma sucuri, ou anaconda, a maior serpente do mundo, pode chegar a até nove metros de comprimento. Vive espalhada em rios, brejos, pântanos, lagos, e caça como poucos predadores, costuma ficar imóvel, semimorta numa vitrine de pouco mais de oito metros quadrados na entrada do parque, dentro de uma poça que causa uma tremenda depressão a qualquer indivíduo do reino animal que tenha sensibilidade com a agonia que esses bichos vivem.

Ao lado, num outro aquário de dois metros quadrados, há uma jiboia cuja pele camuflada confunde-se com a de qualquer tronco, e que estará com certeza preferindo a morte a passar o dia num espaço em que mal pode se mover e exercer a sua potência como um dos maiores predadores da natureza.

As duas cobras estão na entrada.

Os felinos, no fundo do parque.

Faltou apresentar nossa atração principal, nossa estrela: Fidel.

Com uma ilhota só para ele. Uma ilhota magnífica que prova a força de quem mora nela. Com escadas de concreto. Tubulações de concreto. Jaula de concreto verde. Árvores, mais espaço. Coqueiros, para o majestoso símio circular e exercitar a potência de seus golpes.

Mas ele passava o dia sentado de costas, desprezando a classe dominante, numa greve branca. Cruzava os braços em repúdio.

Eventualmente, quase raramente, irritado, dava socos nas paredes, chutava galhos, empurrava os tubos de concreto, urrava para as pessoas, que ficavam enormemente assustadas; não tinha grades cercando sua ilhota; a segurança do zoo contava com a informação de cientistas de que macacos não nadam, característica desconhecida pela maioria; como num circo, fingiam que ele representava perigo, para atrair visitantes, causar um factoide demagogo, populismo puro. Mas Fidel jamais conseguiria pular para a outra margem. Batia no peito com ódio. Dava murros no chão que faziam as árvores tremer.

Passei a escapar à noite.

Ainda circulando pelas copas das árvores.

O urro que dominava aquele zoológico era o de Fidel. Cheguei a testemunhar sua luta solitária contra a opressão. Descobri que, no fundo, os treinadores o odiavam. E era mútuo. Não entregavam comida, jogavam-na desrespeitosamente.

Xingavam: filho da puta, seu viado!

Ele gritava de volta.

Aquilo não fazia sentido. O ódio por Fidel era um ódio de espécie. A opressão encarnada em desprezo. Por onde andava o homem kantiano altruísta? O homem inteligente, ereto, racional, sábio, animal político, filho de Deus?

Uma canoa tentava se aproximar. Fidel ameaçava qualquer um que colocasse os pés na sua ilhota. Veterinários davam tiros de dardos com tranquilizante. Dificilmente acertavam, dada sua agilidade e rapidez. Quando se cansavam, Fidel urrava vitorioso. Era ouvido até fora do parque. Só ele tinha direito de quebrar aquele silêncio. Era o único que se propunha a não ser um derrotado, domado, escravo. A única voz que se levantou contra a dominação.

Eu jamais saberia se os outros animais tinham veneração por ele, como eu. Acredito piamente que todos ali, dos treinadores aos treinados, dos tratadores aos tratados, sabiam do que se tratava a sua revolta.

E se identificavam.

O silêncio em que ficavam os outros era sinal de que tínhamos um líder, um porta-voz. Nossa missão era escutar. Aprender. E prosseguir a luta. E se todos os animais de zoológicos do planeta parassem de comer, numa greve de fome generalizada? E se todos se sacrificassem para salvaguardar a vida livre na natureza com a família? E se uma geração, a minha, morresse para salvar as outras do domínio do homem escravocrata? Eram os princípios da não violência, de que um marxista como eu desconfiava. É a base do cristianismo, que pode gerar uma leitura marxista.

Talvez zoológicos fossem proibidos. Talvez deixassem nossos herdeiros em paz. Talvez correntes e trancas desaparecessem. Não é possível que exista o instinto de preservação das espécies, que na essência é a sobrevivência. Que não se pense no futuro, nos parentes deixados pra trás, que não se revolte.

Claro que aqueles nascidos em cativeiro só conhecem o mundo do opressor e oprimido. Mas a maioria, como eu, caçada e aprisionada, arrastada em navios, colocada em containers à força, deve ter, nem que reprimido, o verdadeiro sentido da vida, em contraste com o efeito absurdo que nasce da dominação de um grupo sobre o outro: a liberdade.

Ao observar a cidade interiorana,
agrícola, de clima ameno, próxima
ao trópico de capricórnio, que é rica
graças ao dinheiro farto do agronegócio,
administrada por prefeitos corruptos

Uma curiosidade: macacos nus gastam muito tempo escolhendo panos e peles que cobrem a nudez e protegem do clima e de insetos. Não sei se de predadores (não os vi por perto). O pano é escolhido com a ajuda de um vidro, um espelho, que reflete a imagem do macaco nu, ou qualquer superfície polida.

Ele ou ela faz beiços, caretas, poses, vira de lado, examina o caimento do tecido. Infla os lábios. Alguns são rápidos e utilizam uma técnica eficaz para não perderem tempo: usam a mesma roupa todos os dias. A escolha de sapatos para uns, que protegerão suas patas, é lenta. Os mais jovens amarram rapidamente uma proteção de lona de cores fosforescentes nas patas. A maioria deles tem apenas uma opção, cujo odor chega às minhas narinas, pendurado nas árvores dos jardins de suas casas, e me traz a pior sensação daquele passeio.

Algumas fêmeas costumam proteger as patas com uma camada de couro sobre uma arma no formato de agulha. Não vi homens sobre esse belo exemplar da indumentária humana, capaz de matar num pisão baratas, cobras, répteis, bichos peçonhentos e venenosos, que costumam matar macacos para se defenderem de suas passadas e pegadas.

Fêmeas também capricham em penduricalhos no pescoço, pulsos, pintam a cara, unhas. Me leva a crer que são as fêmeas que partem para a caça diariamente. Armam-se, utilizam ferramentas brilhantes no corpo, maquiam-se para camuflagem, como a pintura de guerra de homens primitivos, se é que existe algum homem primitivo, e carregam sacolas que, se levadas ao maxilar de algum predador, felino ou canino, dá vantagens aos aparentemente mais fracos *Homo sapiens*.

Mas com o tempo mudei de opinião. Assim é a ciência. O tempo faz com que os verdadeiros rituais de uma espécie sejam catalogados.

A caça se tornou na verdade uma atividade obsoleta para os homens. Para se alimentar, o clã costuma receber a comida vinda na traseira de um veículo barulhento de metal e duas rodas, que solta fumaça também pela traseira, encomendada provavelmente por um aparelho com o qual pessoas de um clã se comunicam com pessoas de outro. O alimento vem empacotado em sacos ou caixas. O mais popular é uma roda de massa quente coberta por um fruto vermelho e laticínios, vem numa caixa quadrada.

Cada família vive cercada. Muros e cercas as protegem. O alimento é recebido com reservas, através de grades. O olhar desconfiado do membro do clã que recebe é nítido. Os entregadores usam protetores na cabeça. Correm ansiosos. Há algum predador escondido por todo canto. Invisível. Só pode ser...

Darwin escreveu: "O homem devia viver em famílias individuais ou também duas ou três que vagueiem pelos desertos de alguma terra selvagem; mas, presentemente, mantêm sempre relações com outras famílias que habitam os mesmos distritos. Tais famílias ocasionais se agrupam e se unem para a defesa comum. Não representa nenhuma objeção do selvagem à sociedade o fato de as tribos que habitam zonas limítrofes estarem sempre em guerra umas contra as outras; na verdade, os instintos sociais nunca se estendem a todos os indivíduos da mesma espécie".

O clã símio costumava se alimentar reunido. Um pede encarecidamente a comida do outro. A gente se lambuza, faz guerra de comida, se agride com restos.

O clã macaco nu se alimenta solitariamente e solidariamente; repartem em fatias e porções, quase sempre em família. E existe um ritual de espera e higiene que pode também explicar o sucesso da espécie.

Uma maravilha nas tocas dos clãs é uma caixa refrigerada branca ou prateada, que contém todas as espécies de frutas, legumes, carnes. Se meu grupo tivesse uma daquela em Bornéu ou Sumatra, seríamos provavelmente tão inativos e sedentários que despencaríamos das árvores devido ao peso. Ficaríamos horas, horas, horas comendo sem parar.

Nesse quesito, *Homo sapiens* são disciplinados. Conseguem resistir à tentação de abrir a caixa mágica e consumir tudo o que há dentro. Não são como a maioria dos animais que, quando caça, come tudo o que conquistou, antes da rapinagem alheia, e só para quando o estômago está abarrotado.

O fogo já não é mais um princípio de evolução dessa espécie. A luz não é mais proveniente do fogo que ela domou como prova da sua inteligência. Agora todo o clã é conectado através de apetrechos, filmes, músicas, telas, teclados, e se comunica somente através dessa rede.

Essas observações foram obtidas no perímetro do bairro arborizado, vizinho ao parque, em que pude, ou sobre o qual pude, circular. Não me afastei das alamedas que cercavam o zoo. Não ousei ir longe. Não sei se em todas as tocas espalhadas pela cidade os clãs de macacos nus se comportam no mesmo padrão. Não sei se em todas as cidades os clãs de macacos nus se comportam nesse padrão. Não sei se em todos os países ou continentes. Essa é uma pequena mostra das minhas observações de um bairro vizinho à minha morada de uma cidade de médio porte, numa região agrícola, de clima tropical, por cima de muros e copas de árvores, incógnito, nas trevas, como Batman. Em que o tédio é semelhante entre macacos nus e com pelos aprisionados nas suas casas gradeadas ou nas jaulas de um zoológico.

Apenas uma vez ousei sair da copa das árvores. Para visitar a minha antiga jaula. Nela encontrei Kin sozinha, um cobertor velho, vermelho, deprimido num canto. Quando a vi da copa das árvores, e vi que não me via, desci cuidadosamente, até ficar de frente para a jaula.

Envergonhado, mas solidário.

Quando ela reparou em mim, surpreendentemente virou o rosto. Beijei o ar, imaginando que era assim que orangotangos se cumprimentassem. Fui para a grade e, correndo o risco de ter o braço arrancado, o coloquei para dentro da jaula, oferecendo a pata, que chamarei de mão, para um carinho. Ela se aproximou de mim, sentou na minha frente. E fiz carinhos na sua mão. Ficamos assim a noite toda, de mãos dadas, trocando beijinhos nas mãos e carinhos. Escutando Fidel urrar de longe.

Quando amanheceu, nos despedimos. Ela esticou o braço e pegou meu boné do Batman, que eu tinha deixado lá. Sorri, encaixei o boné, subi na árvore, como um orangotango, beijei o ar, como um orangotango se comunicando com outro, e voltei para a minha cela na Veterinária.

Li num jornal que Idi Amin, o gorila de Belo Horizonte, morreu. Suas duas fêmeas inglesas, Imbi e Lou Lou, não enlutaram por muito tempo. Meses depois ganharam a companhia de outro macho, um espanhol de nome Leon. Um empréstimo recomendado pela Associação Europeia de Zoológicos e Aquários. O espanhol não decepcionou, engravidou as duas. BH testemunhou dois raríssimos nascimentos de gorilas em cativeiro, Sawidi, filho de Lou Lou, e Jahari, de Imbi.

Veterinários não ousaram se aproximar das mães para saber o sexo dos bebês. Visitantes podiam vê-los por um túnel de vidro, sem incomodá-los. O nascimento é considerado uma importante contribuição para a conservação de gorilas da espécie Gorilla. Que Idi Amin, como eu, fracassou.

Talvez Kin precisasse de um espanhol.

Por alguma razão, essa notícia me fez passar mal.

Para contribuir com a conservação de gorilas da espécie Gorilla, seria mais eficiente deixá-los em paz nas montanhas do Congo. Porém, para o macaco nu, o nascimento de dois filhotes num zoológico do Brasil Central é considerado uma importante contribuição para a conservação de gorilas da espécie Gorilla.

Queria saber quando vocês, macacos nus, pararão de dar nomes idiotas a nós, símios?

Terceira morada — Exílio numa das ilhotas do lago extenso do zoológico e parque da cidade interiorana cortada por rios, para o exibicionismo sem fim das macaquices de um ser que sofre

Se pudesse me comunicar com vocês, se é que teriam interesse em ouvir o que um ser de uma espécie inferior tem a dizer sobre vocês, diria três coisas, já que me sinto uma espécie de primo separado pela evolução de vocês, responsáveis por mim e muitos outros, herdeiros genéticos inteligentes, complexos, bem-sucedidos, predadores vencedores, que evoluíram das árvores para as cavernas, construíram cidades, civilizações. Meus parentes.
 Um, deixem-nos em paz.
 Dois, vocês estão engordando. É nítido com o passar dos anos. Estão mais arredondados nas pernas, na cintura, nos braços, até nos pescoços. Não todos. A maioria. Uma porcentagem considerável fica obesa. Anda com dificuldade, lentamente, quase sem dobrar os joelhos. Sua. Respira com sofrimento.
 Três, a luzinha mágica da tela que seguram tira demais a atenção de vocês. Não estão exagerando? Perderam a capacidade de observação. O interesse pelo que tem ao redor, por entender a natureza; aquilo que fez de vocês a espécie dominante do planeta, do sistema solar, a profunda concentração, a vontade de conhecer e de antever o que outros pensam ou farão.
 Me preocupo. Sem a capacidade de distinguir o real do digital, o que será de nós, já que toda a natureza foi domada, todas as espécies estudadas, e muitas delas, como eu, enjauladas a seus cuidados, pois vocês não nos deixam em paz?

Me mudei (me mudaram) para uma ilhota de um pequeno lago do zoológico, da cidade com pouco mais de trezentos mil habitantes. Vivi com outros macacos. Nosso passatempo era observar vocês, humanos, a quem chamo de eretos. Que nos observam com curiosidade e gargalhadas, apontando e provocando, nos imitando.

Por vezes, para justificar o digno tratamento que recebemos dos nossos treinadores e veterinários, fazemos algumas estripulias e malabarismos, que vocês chamam de macaquices. Nos sentimos empregados do parque. Nosso salário, bananas (embrulhadas em jornais), carinho e segurança.

Antes que você diga ao nos ver, se conseguir se desligar do seu celular, com sua barriga proeminente, *olha, que engraçado, um macaco*, saiba que foi um chimpanzé o primeiro ser vivo a ir para o Espaço, muito antes de vocês, eretos, e da pobre cadela Laika, a pequena russinha que em 1957, na espaçonave *Sputnik 2*, fez um voo na órbita da Terra. É uma heroína. Tem estátua dela em Moscou.

Ninguém se lembra de Albert II, belo nome para um macaco, que voou numa espaçonave americana em 1949, no primeiro voo suborbital realizado por um ser vivo da Terra, um terráqueo. Albert II, meu parente distante macaco Rhesus, bichonauta com nome de aristocrata, morreu na aterrissagem.

Depois, na ponta de um foguete Jupiter AM-18, num voo de quinze minutos, voaram Able e Miss Baker. Realizaram tarefas fundamentais? Claro que não. Viajaram a dezesseis mil quilômetros por hora. Gravidade zero. Os eretos queriam, na verdade, medir os níveis de radiação, o pânico, as reações do corpo semelhante ao dos humanos no inóspito mundo sem gravidade.

Able decolou e voltou. Morreu durante uma cirurgia para remover um eletrodo infectado. Miss Baker viveu no Centro Espacial de Huntsville, Alabama. Morreu de causas naturais em 1984, aos vinte e sete anos. Laika sobreviveu dias e foi sacrificada, disseram primeiro os soviéticos. O estresse matou a cadela russa entre cinco e sete horas após o lançamento, mentiram depois. Anos mais tarde, revelou-se que morreu queimada por radiação. Fritou. Morte dolorida. Impiedosos, esses russos. Na verdade, sempre se soube entre quatro paredes que Laika, a heroína russa, estava sendo mandada para o Espaço e lá morreria.

Outro macaco Rhesus, Sam, foi lançado em dezembro de 1959, para testar a cápsula ejetora do foguete americano. Um minuto de voo, a oitenta e dois quilômetros acima do solo, a cápsula foi ejetada. O compartimento aterrissou no oceano Atlântico, onde Sam foi resgatado ileso.

Laika: a primeira cosmonauta era um cachorro.

Albert II, Able, Miss Baker, Sam: os primeiros astronautas eram macacos.

Fico feliz em saber que quatro macacos e uma cadela foram tão importantes para a história da tecnologia espacial e dos avanços da humanidade. E triste ao saber que, na verdade, foram eleitos e enviados, pois a vida deles valia bem menos que a de qualquer um de vocês. Se morressem fritados, com dor ou não, não fariam a mesma falta que Yuri Gagarin, o primeiro cosmonauta, ou Alan Shepard, o primeiro astronauta, fariam.

Para Marx, a revolução social não pode iniciar enquanto não se despojar de toda veneração supersticiosa do passado. A revolução deve deixar que os mortos enterrem seus mortos.

Tudo isso é estarrecedor para um animal antes pacifista, mas esclarecedor para alguém de uma espécie ameaçada de extinção. Qual efeito os três pensadores, Kant, Hegel e Marx, tiveram sobre mim?

Calma, você verá. Como dizia o camarada Mao Tsé-tung, "Kant, Hegel e Marx não escreveram dogmas, mas guias".

Continue comigo.

Cisnes, pombos e garças fazem parte da nossa convivência. Espalhados pela nossa ilhota de vinte metros por cinco. Cem metros quadrados, com algumas imitações de troncos, fitas e cordas conectados a uma pequena construção de alvenaria acima do solo, para corrermos, digo, correrem.

As pessoas gritam:

— Olha a macacada.

Não tem como eu gritar de volta:

Aqui não tem macaco. Aqui tem símios, primatas, de uma importância vital para a natureza, que se diferenciam em muitas espécies, como macacos-aranhas, pregos, micos, chimpanzés, orangotangos e vocês!

Admito que a maioria dos frequentadores reconhece o gorila. Admito que quase nenhum sabe que, ao lado daqueles macacos-aranhas que pesam de seis a oito quilos, comem ovos, vivem até trinta anos e se diferenciam no tronco da evolução tanto quanto o homem se diferencia de nós, os orangotangos, está um orangotango, eu.

Depois que me curei, me libertaram da Veterinária e me trouxeram sedado para esta ilhota.

São quatro ilhotas no grande lago do zoológico. Em apenas uma delas, a de Fidel, a mais afastada, a vegetação é densa e resistem árvores de grande porte, há construção de alvenaria do tamanho de uma casa pequena, sem janelas e portas.

Nas outras três ilhotas, subespécies do brasileiríssimo macaco-aranha, micos e agora um orangotango com boné.

Há muitos bancos para observar macacos a partir do parque; bancos à sombra com lixeiras são destacados. Pessoas gostam de observar macacos, pessoas gostam de observar a nossa inutilidade, o nosso tédio, o nosso faz de conta que estamos na natureza. Comendo frutas, fazendo macaquices, brincado com parentes; se é que se pode afirmar que aqueles que habitam conosco nas ilhotas são parentes.

Às vezes, vemos garrafas pet que atiraram sobre a lagoa e as recolhemos.

Dependendo do macaco, uma ave é a companheira mais constante. Me irrita como saguis cagam em cima do galho, como se embaixo não fosse o espaço de convivência comum.

O mais surpreendente é que em seguida outro sagui vem examinar seu cocô em busca de algum nutriente ou característica que detenha sua atenção.

O famoso e apreciado macaco-prego, uma iguaria do nativo brasileiro, que o caça atrás de sua carne e cozinha seu cérebro, é um bicho que não para. Faz macaquices interessantes. Até eu me divirto. Na ilhota deles, troncos vazados fazem com que entrem de um lado e saiam por outro. Me divirto e me deprimo: por quantos anos farão aquela mesma brincadeira?

Com aquele magnífico rabo maior que as pernas, aranhas e pregos costumam ter habilidades de um animal de cinco patas; chegam até a carregar garrafas pet com o rabo. Vão de um lado para outro, não sei fazendo o quê. Se estão se perseguindo. Se estão brincando. Se estão brincando de se perseguir. Um ou outro fica sentadinho na sombra, olhando o nada.

O fazer nada que é parte crucial da nossa existência. Nossos olhares conhecem em detalhes o vazio, não pensar, não ver, não existir. O nada é belo e trágico.

A fantástica cauda de um macaco do Novo Mundo, como um macaco-aranha, deve ser observada com muita atenção e considerada um mérito da evolução, pois nunca está à toa no ambiente em que o macaco vive; ela está enrolada num galho; está enrolada num cipó; surge como uma espécie de âncora, de cabo, ágil e orgânica, que serve a diversos princípios. Inclusive como defesa pessoal.

Curioso como separaram os jacarés de nós. Eles poderiam estar neste lago, reproduzindo um cenário mais próximo da realidade, em que peixes, macacos, pássaros, capivaras, porcos-do-mato e jacarés conviveriam num mesmo hábitat.

Seria um massacre indecente, já que ali nenhum macaco saberia se defender. Somos separados apenas por uma alameda. Jacarés estão num lago menor, em frente, com cercas. Mas seria muito mais interessante para todos se estivéssemos no mesmo ambiente, se dividíssemos o mesmo lago, se pudessem circular entre as nossas águas e cruzar ou até se esquentar em nossas ilhas. Aí sim o homem teria um pouco dos conflitos da natureza, das dificuldades da nossa existência, da razão de viver, já que passaríamos o dia preocupados não em olhar para vocês, macacos nus, ou entrar e sair de troncos vazados, ou examinar a merda alheia, mas em fugir de jacarés, cobras, predadores.

Uma das coisas que mais divertem os humanos é um animal se coçando, cena bizarra, pois demonstra que se trata de um primata peludo, sujo, cheio de piolhos, que não tem cuidados com a higiene e faz com que o homem se sinta um ser especial, já que abandonou os pelos há muito e, portanto, não tem que se coçar ou caçar piolhos como os macacos.

Em outra ilhota ficam apenas os macacos-aranhas-de-testa-branca, também de vinte anos de longevidade, também onívoros, mais do oeste, sul da Amazônia, do que o macaco-aranha. Este, sim, é completamente ameaçado de extinção. É um macaco curioso, o rosto todo pintado de branco como uma maquiagem, que não é muito útil para se esconder de predadores.

Um de nossos pratos favoritos é a mexerica. Não comemos a casca, elas servem aos pombos que nos cercam assim que acabamos a refeição. Enquanto comemos, respeitam nosso espaço.

Também temos o macaco-aranha-de-cara-vermelha da Amazônia, que vive um pouco mais, trinta anos, *Ateles paniscus*, tem de seis a oito quilos. Não são seres totalmente sociáveis, vivem em bandos pequenos e talvez por isso tenham me colocado perto deles na mesma ilhota.

Não fizeram festa na minha chegada, não fui bem recebido nem agredido.

São dóceis.

Alienados.

Eventualmente, via um deles andando em pé, ereto, com um galho na mão. Ia pescar. Fascinante.

Não são burros esses macacos do Novo Mundo. Vi um deles pegar um galho, bater na água. Tinha um peixe enorme debaixo do arbusto. O macaco ficava pendurado no galho, bem no meio da água, e o peixe enorme embaixo sem se mexer. O macaco observa tudo. De repente, numa velocidade magnífica, arrancou o bicho da água e o atirou para dentro da ilhota. Ele pulou em desespero, fugindo do afogamento da morte. Então o macaco mordeu a barriga do peixe e não repartiu a carne fresca com o grupo, mas disputou com os que vieram afanar o seu troféu de guerra.

Era um peixe muito grande.

Vi outro comer cupim de um cupinzeiro no meio da ilhota. Usava galhos para caçá-los. Me ofereceu. *Não, obrigado, sou vegetariano.*

Vou narrar uma tarde.

Fim de tarde.

O sol diminui, mas não dá trégua. Logo, logo, o parque fechará as portas. Três macacos-aranhas ficam numa sombra, um fica brincando com um galho enorme que acabou de pegar. Um pequenininho imita, vai atrás dele, pulando, pulando. Ah, tem outro macaco ali na sombra e dois pelo matinho na lateral do lago, quase pulando na água. Eles não chegam a pular, mas se molham um pouco. Parecem apenas se exercitar.

Então os quatro macacos mais velhos começam a passear pelos galhos, troncos, fitas, cordas e mangueiras da ilhota, enquanto os dois menores observam o passeio, eretos ou com o rabo erguido; o que eu acho que é um código.

Passei a desconfiar que a posição do rabo era a linguagem dos aranhas. Era a expressão do seu sentimento. Era um aviso. Preciso me dedicar mais a essas observações. Especialmente porque não tenho nada para fazer. Ao menos me ocupo.

Ficamos na entrada do zoológico.

Vemos o estacionamento de veículos.

Vemos do outro lado os aquários das serpentes inertes por falta de espaço. Na nossa frente, um parquinho para filhotes de humanos, com brinquedos coloridos em que escorregam, trepam, balançam. Está sempre cheio. Brincam como nós, macacos.

Estes parquinhos são as provas, sem DNA, de que viemos de um mesmo tronco. Neles, filhotes, que vocês chamam de crianças, reproduzem toda vocação símia que tem num humano.

Mas é claro que o parquinho não fica só nisso. Nele tem um avião de guerra de verdade, instalado sobre uma torre. Diante de nós. Imponente. Não deixariam os instintos sobressaírem às maravilhas da tecnologia que o homem criou.

Muitas vezes as pessoas preferem olhar o avião aos macacos.

— Olha lá o aviãozão — falam.

É um caça supersônico. Ou já foi um dia. Por que está logo aqui ao nosso lado? Pergunte a um humano.

Por vezes, uma criança nem quer brincar, mas a mãe insiste, puxa seu braço, vai para lá, vai para cá, procurando ensinar aos filhotes os grandes saltos da humanidade e manipulá-lo, doutriná-lo.

— Não tinha esse avião, tinha? — Foi a observação que fizeram.

Um avião de guerra antigo, um caça, cinza com as cores verde e amarela na cauda.

Pra quê?

Está acompanhando a formulação da minha ação revolucionária?

O meu plano?

Eu chego lá.

As posições dos macacos-aranhas fariam qualquer homem praticante de acrobacias e lutas parecer desengonçado. Conseguem sustentar o corpo todo só pelo rabo.

Os filhotes estão toda hora querendo brincar com os adultos: perseguem, provocam, cutucam, pulam em cima. Os filhotes conseguem se jogar com as quatro patas no ar e se segurar num galho apenas pelo rabo, como se fosse um gancho. Nunca param. Às vezes, quando acha que a mãe está irritada, o filhote vai embora, e a mãe o puxa de volta. Sinal de que a brincadeira é de ambos.

Borboletas também frequentam nosso hábitat. Muitas borboletas. Não tenho vontade de comê-las, mas de admirar o voo delicado, acompanhar suas sombras que aumentam, diminuem, dependendo da distância do solo. São todas marrons e pretas, aparentemente da mesma espécie. Asas marrons com manchas e bordas pretas. Seu voo nos dá leveza, nos encanta, nos dá paz. Parece ser o animal mais dócil do planeta.

O espaço para o público observar o macaco-aranha-de-cara-vermelha, em que eu também me encontrava, é sem sombras, sem bancos. Talvez por isso fizéssemos pouco sucesso.

O parque com balanços e pneus fica bem em frente, talvez para que as crianças imitem nossos movimentos, ou para sugerir que as tenhamos inspirado. Informações completamente improcedentes são trocadas entre as pessoas que vêm nos visitar, quando escuto. Alguns dizem que somos carnívoros, outros que somos limpíssimos, e cada um fala o que quer.

Por vezes os três macacos maiores fazem uma espécie de conferência em torno da comida, espantam os pássaros só com sua aproximação, com o rabo erguido e enrolado, uma clara demonstração de hierarquia social ou talvez do humor.

— Olha lá, ele é grandão — dizem os visitantes.

Por vezes, um macaco se comunica com outro de outra ilha. Alguns visitantes notam a incongruência:

— Por que um avião está estacionado aqui num zoológico?

Porque é uma afronta à inteligência animal. Porque é uma prova da absoluta insegurança da espécie que precisa de uma arma de matar, uma das mais rápidas e eficazes, na entrada de um zoológico, para impor medo e respeito, como se nós, vítimas da prisão forçada, tivéssemos consciência de que maldição era aquela, que move a humanidade que nos persegue há mais de cem mil, duzentos mil anos, desde que o homem começou a sua jornada pelo planeta, exilando-se de uma África paradisíaca, de onde nunca deveria ter saído, atravessando desertos, matas, montanhas, neve, em várias levas, parte indo para o Oriente, até as Américas, parte para o norte e Ocidente, até a Islândia, para destruir a nossa terra, a Terra de todos, e nos destruir. Exterminou os homens de Neandertal, quando os encontrou na Península Ibérica, espécie mais forte, com menos inteligência. Exterminou os grandes mamíferos, quando entraram nas Américas. Quase exterminou os bisões, salvos na última hora por um criador de gado que percebeu a grande tolice: o holocausto americano.

Chimpanzés estão ameaçados de extinção.

Gorilas e orangotangos estão ameaçados de extinção.

Onças estão ameaçadas de extinção. Espalham-se por todo o Brasil, de norte a sul, na Mata Atlântica, no Pantanal, na Amazônia e nos Pampas. Cada vez mais cercadas, mais isoladas. Sem a onça, cresce a população de capivaras, que fazem um grande estrago em plantações de arroz, milho e soja. Sem a onça, cresce a população de porcos-do-mato e queixadas, que se alimentam de sementes, diminuindo assim a chance de árvores vingarem.

Tudo está em equilíbrio.

Tudo pertence a um todo, que funciona como uma engrenagem de uma máquina precisa.

Exterminaram conscientemente os lobos de Yellowstone, o mais antigo parque natural do mundo, numa temporada de caça autorizada para preservar outras espécies, o que fez explodir o número de cervos e reduziu a vegetação.

Só setenta anos depois, numa experiência ecológica inédita, introduziram uma alcateia de lobos canadenses onde não tinha lobo algum. Os resultados surpreenderam cientistas de todo o mundo. Veados que antes caminhavam livremente por toda a parte, erodindo a vegetação, passaram a ficar restritos, na defensiva, juntos, escondidos na mata, adubando novos exemplares de futuras árvores. Sem erosão nas margens, riachos voltaram a fluir. A mata nas margens começou a se regenerar. Mais madeira, mais castores. Lobos mataram muitos coiotes. Sem eles, mais coelhos, que trouxeram mais águias, mais lontras, ratos, pássaros, patos, peixes. Castores voltaram a represar riachos. Lagos e piscinas naturais aumentaram em número, a floresta se estabilizou.

Os lobos mudaram o comportamento dos rios ao regenerar a floresta, que diminuiu com a erosão. Ursos passaram a se alimentar de restos deixados pelos lobos. Sua população também aumentou. Em pequeno número, os lobos mudaram o ecossistema, o clima, até a geografia de uma área gigantesca em apenas vinte anos. Mais incrível ainda: lobos livres do Canadá passaram a migrar através das matas e da neve para lá, numa longa jornada, e alguns nativos do parque foram para o Canadá pela mesma trilha; animais introduzidos se misturaram com o DNA de outras alcateias, melhorando a espécie.

O planeta tem salvação.

Soltem-nos, devolvam-nos à natureza.

A humanidade tem jeito.

O bisão-americano, salvo por um fazendeiro no século retrasado, foi reintroduzido nas grandes pradarias e planícies da América. Antes da chegada dos europeus, tinha mais de sessenta milhões de bisões entre o Canadá e o México. Passaram a matá-los, com a ajuda do Exército, por causa da carne, da pele e para empurrar para longe das áreas de pasto natural os índios, que precisavam da sua proteína.

Em 1890, restavam apenas setecentos e cinquenta. Quatro espécies de bisão foram extintas. Hoje, tem uns quinhentos mil vagando livremente. Graças a UM fazendeiro.

A humanidade tem salvação.

Deixem-nos livres.

Recorro a Darwin: "Não deve haver quem não admita que o homem é um ser social. Vemos isso na aversão pela solidão e no seu desejo pela inserção na sociedade, além de sua família".

A prova disso, diz, é que a prisão em uma cela é a punição mais severa que se pode infligir. A mesma prisão que infligem a nós.

Então, nos punem?

Fui colecionando garrafas pet que apareciam boiando na margem. Eram muitas. Escondia-as sob a moita. Fui juntando, de uma em uma, com tiras das cordas em que os filhotes brincavam. E escondia tudo. Preparei duas fileiras de garrafas com tampas. Amarrei trapos, dei nós, linhas unindo as garrafas. As maiores na borda. Eu tinha uma balsa. Testei a flutuação. Deu certo. Fiz de um galho um remo. Escondia tudo do lado oposto da ilha, sob arbustos.

Fiz daquilo o meio à minha luta.

O começo da grande marcha.

À noite eu remava até o parque. Explorava novamente o território, visitava animais enjaulados, visitava Kin, lia jornais. Depois de explorar todos os cantos, as alamedas, animais, árvores, depois de adquirir uma habilidade que faria um orangotango da floresta estar no mesmo nível de preparo físico que eu, depois de escalar em postes, fios de alta-tensão, árvores, arbustos, galhos, grades, telhados, depois de ter adquirido uma incrível e batmanesca força física nos braços e pernas, que me surpreendeu e que revelou, enfim, o animal símil que eu era, chegou a hora de voltar a investigar aquele que oprimia, a cidade que nos cercava e entender o porquê daquele parque, o porquê do interesse dos homens em nos manter presos como um espólio de guerra.

O problema, e eu já sabia: se o parque (e o arredor) era abarrotado de árvores em que eu poderia me camuflar e por onde poderia percorrer sem ser descoberto ou sofrer algum tipo de ameaça, a cidade não era tão arborizada, não tinha tantos esconderijos.

Eu jamais poderia ser descoberto, muito menos desafiar os moradores caminhando livremente por suas ruas e alamedas, em que máquinas ameaçadoras passavam numa velocidade que no reino animal é muito rara.

Percebi que a avenida margeando um córrego era a trilha pela qual eu deveria seguir para começar a explorar o interior da cidade. Era arborizada o suficiente para eu escalar árvores e percorrer de galho em galho em busca do objeto da minha curiosidade.

No entanto, para ser prudente, minhas expedições à cidade deveriam ser noturnas, pois o número de árvores não era suficiente para me manter completamente seguro.

Então, à tarde eu ficava na ilha, e à noite, quando os funcionários do zoo se retiravam e apenas um vigia estava na antessala vendo televisão, eu saía calmamente pelo portão, com um cuidado que só um orangotango consegue ter e uma precisão nos movimentos que me mantinham em segredo naquele ambiente.

Na primeira noite da nova exploração, subi na árvore mais próxima, pulei para a segunda, já na avenida, e fui aos poucos acordando pombas, maritacas, causando revoadas de andorinhas, assustando ratos, gatos e deixando os cachorros domésticos das casas, grandes casas que ladeavam a avenida, assustados.

Um latido que se revezava, de cachorro em cachorro, atravessou quase toda a avenida.

Como nenhum homem me viu e como meus predadores, jacarés, tigres ou cobras, estavam do outro lado do oceano, ou bem presos no zoo, fui seguindo e examinando, observando, procurando entender, procurando aprender.

Ao sair do zoológico, segui pela avenida de nome Brasil, por cima das árvores que margeavam o riacho. Observei que era um bairro residencial. Desde as minhas primeiras expedições observando casas vizinhas à Veterinária, já sabia que: cada homem também tem a sua família, e cada família também vive na sua jaula.

Mas não eram jaulas para exibição dos hábitos, eram jaulas fechadas em que ficavam presos, sem verem o que acontecia do lado de fora e sem ninguém de fora ver o que acontecia dentro. Muros de três, quatro, cinco, seis metros de altura cercavam essas grandes jaulas, e numa parte havia um portão de grade. Sobre esses muros, fios, nos quais não me atrevi a tocar, porque imaginei que fizessem parte de um sistema de segurança para impossibilitar aqueles do lado de fora de entrar; a não ser que fossem devidamente autorizados pelo líder do grupo através de um aparelho comunicador no beiral da entrada.

Dentro das jaulas, compunha-se uma família monogâmica de filhotes sempre em seus quartos individuais, sempre entretidos com os próprios afazeres, sempre de olho em telas luminosas que os hipnotizavam.

Havia uma divisão de tarefas nem sempre rígida.

Por vezes, um membro distinto do clã fazia as tarefas mais duras, como lavar, enxugar o chão, arrumar camas, assim como no zoológico. Tinha a divisão de classes que Marx me ensinou. Tinha os proletários, faxineiros e funcionários, que não costumavam habitar na mesma jaula.

Mas nem todas as jaulas obedeciam às regras de divisão de papéis. Por vezes o macho realizava as tarefas acima descritas. Em geral, eram apenas os adultos que se preocupavam em manter a jaula limpa, por vezes só a fêmea.

Um dos dois passava algumas horas num ambiente que acredito que seja uma reserva de alimentos e proteínas suficiente para suprir as necessidades daquele clã e de muitos outros.

Nas poucas vezes em que me arrisquei a ficar até mais tarde, no dia da semana em que o zoo estava fechado, percebi que não era possível detectar o caminhar dos membros desse ou daquele clã, pois saíam de manhã em automóveis e voltavam em horários diferentes, e só conseguiam se reunir consistentemente durante a noite, na refeição.

Não os vi caminhar, pular em galhos, andar por árvores, mas vi que, perto dali, uma grande jaula, essa, sim, dava para ver da rua, com vidros que mostravam o que ocorria dentro, era o local em que os membros desses clãs e de muitos outros das redondezas daquele hábitat se exercitavam em aparelhos que não se moviam, e corriam sem sair do lugar, erguiam-se sem subir em lugar algum, carregavam pesos sem os levarem a lugar algum, cansavam sem descobrir comida, sem se defender de um predador, sem precisar lutar pela própria sobrevivência.

A vida ao redor do parque era semelhante à do parque, já que pequenos clãs ficavam divididos em específicas jaulas familiares com específicas necessidades.

Mas o ritmo não era o de tédio, o de esperar a comida, o ritmo era intenso, de movimentação, de troca de ambiente, num carro fedorento que criava uma configuração linear nas avenidas mais cheias, todas elas pontuadas por luzes vermelhas, amarelas e verdes, todas elas com grandes depositórios para abastecer um ou mais clãs de comida e de produtos de limpeza, todas elas com alguns locais em que rituais como beber um líquido amarelo espumante produzido pela fermentação de cereais e falar alto e dar risada relaxavam.

Por vezes, num templo iam cantar e rezar, pedir ao seu deus força para continuar, perdão por seus pecados.

Entendi que essa liberdade de consumo, na verdade, era uma falsa liberdade, porque, além de tornar o *Homo sapiens* escravo da necessidade de obter, aliena, já que a massa não consegue observar contradições muito mais danosas do que aquela entre escolher um produto X ou um produto Y. Eu sei, isso é Marx, de quem não me liberto.

No final das contas, a liberdade que poderia trazer alegria, felicidade e alívio àquelas pessoas mostrava que eram todas escravas de um sistema alienante que impedia de admitir que, no fundo, aquele estilo de vida era triste, deprimente, vazio, entediante e sem sentido.

Sem contar as tensões sociais, porque nem todos moravam em casas espaçosas. Clãs moravam também em barracos apertados e improvisados, passavam frio, necessidades. Trabalhavam mais pesadamente para os que moravam nas cercanias do parque, que distingui como a classe que dominava a outra. Tá, outra visão marxista do todo. O que eu posso fazer, se estava contaminado por suas ideias?

Observei as mudanças físicas e comportamentais de vocês. Já disse anteriormente, a espécie está engordando, resultado de uma jornada sem predadores e com abundância alimentar. Como os cervos de Yellowstone por setenta anos.

Humanos precisam de lobos.

Mas assustador mesmo é o hábito de olharem mais para os aparelhos luminosos do que para nós. Sei que dele saem imagens e sons e com ele é possível falar e ouvir vozes de outros humanos. Não sei qual é a graça de ficar o dia inteiro com ele nas mãos e perder tudo de belo que há ao redor.

O papel se inverteu: nós, animais em exposição no zoológico, deixamos de ser observados e passamos a assistir essa interação fanática entre cada um de vocês e seu fantástico mundo do aparelhinho luminoso.

Sei do que se trata tudo aquilo: o mundo perdeu a graça, já dominamos tudo, enjaulamos predadores, temos comida, fogo, luz, conforto, o eu agora é o que me interessa, ando por este parque não para ver, mas para me exercitar, me eternizar e me ver.

Vocês passaram a ser a sua própria atração. Vocês passaram a ser a nossa atração.

Dão trombadas com outros, riem ou choram das mensagens que leem, ficam enfurecidos, tropeçam. Macaquices dos macacos nus. Sei que se trata de uma conexão poderosa de troca de informações. E sei que aparentemente ela é mais fascinante do que tudo ao redor. Ninguém mais conversa nos bancos do parque. Ninguém mais seduz o outro. Ninguém mais olha o vazio, a diversidade do zoo, as plaquetas, informações e anúncios, quem entra, quem sai, quem veste o quê, quem está bem, quem está feliz, quem chora, quem dorme, quem está por um fio, quem caminha com pressa, quem defende o quê, quem gosta de qual música, quem parte para um encontro secreto ou quem acaba de ser beijado por alguém que sempre quis e que nunca tomou a iniciativa, quem acaba de se apaixonar, ou quem descobre que o amor acabou, quem espera gêmeos, está exultante e nem consegue mais dormir, quem acaba de conseguir um emprego, quem quer apenas dar um tempo, viver sem sentir a vida.

Ninguém troca ideias, opiniões divergentes, ninguém debate, é convencido de algo, muda de opinião.

A bolha que cerca protege.

É como um escudo contra o que agride.

No fundo, a cidade agride. O ódio agride.

Todos nela agridem. Suas vozes incomodam. Vocês se sequestraram, se tornaram seus próprios algozes. Preferem a música da lista previamente selecionada que sai dos fones de ouvido conectados por um cabo ao seu universo pessoal, em que são Deus, que decidem o que ler e ouvir, o que ver e curtir, o que assistir e ignorar.

Já roubei celulares. Devia ter roubado mais.

Há uns anos os visitantes conversavam, paqueravam, miravam o vazio, redescobriam estações, trilhas do parque, checavam quem entrava, quem saía, quem vestia o quê, era fã de qual ritmo, qual bicho era aquele, quem estava bem, bêbado, feliz, chorava, dormia, quem, pelo perfume, banho tomado, roupa bonita, estava a caminho de um encontro secreto, fora beijado por alguém surpreendente, inexplicável, paixão que nasceu do fundo da alma, quem descobriu que não ama mais, descobriu que estava grávida e não consegue mais dormir, tensa, quem acabou de perder um emprego, o raciocínio, o sentido de viver, porque se sente sozinho, apesar da cidade com centenas de milhares de pessoas.

Trocavam ideias, opiniões, debatiam, mudavam convicções de alguém, apresentavam outros pontos de vista, experiências. Agora a bolha é o mundo de vocês.

O que é inadiável? A bolha em si, é nela que se quer estar: protegido e isolado. O mundo é muito louco, tem muito louco por aí. O mundo é meu predador. A bolha foi criada por você e pela matemática. As redes registram o que você gosta. Deixa aquilo de que você não gosta em segundo plano e o bombardeia de informações apenas de quem ou do que você gosta.

São os misteriosos algoritmos, a lógica da rede.

Sei o que são eles. Os humanos chegaram num estágio tão elevado de conhecimento e tecnologia que acabarão aprisionados por ela. Já começou.

Escutem este macaco ruivo sábio e observador.

E também preso.

Atenção.

Percebi quem era meu inimigo, o que estava errado na minha vida, e por que me transformei num prisioneiro de um zoológico sem nenhum sentido.

A cada dia que passava, mais me revoltava o fato de eu ter sido arrancado da minha floresta, da minha família, das minhas árvores, de terem interrompido minha existência animal, terem me domesticado com correntes dentro de jaulas ou gaiolas para fazerem experiências, não em laboratórios, como a maioria dos meus conterrâneos ou dos chimpanzés, mas experiências sociobiológicas para entender o comportamento dos animais, para ver até onde ia minha inteligência, talvez até por temerem aonde nós poderíamos chegar, caso iniciássemos uma vingança em massa contra o dano que o homem pratica à natureza.

Marx, Hegel e Kant idealizaram algumas coisas cruciais: desenvolvimento social, justiça, mudanças, e, para isso, tentaram encontrar as contradições e a dialética, e criaram uma teoria em que a história estava determinada a mudar.

Hegel viu, por meio da dialética, que as ideias se movem, mudam, se negam, se contradizem, e que o presente se faz com a síntese das contradições passadas, portanto a história pode ser previsível, *Weltgeist*, seguir um caminho, uma direção.

A liberdade humana fez com que Marx criasse a teoria do materialismo dialético, que afirma que não é a consciência dos homens que determina seu ser, mas é seu ser social que determina sua consciência.

As contradições materiais e sociais irão levar à negação do sistema, que será substituído por uma nova forma mais justa de sociedade, profetizava. Quando se toma consciência da dialética de forças conflitantes, a luta pelo poder surge, e os indivíduos podem se libertar e mudar a ordem social que os oprime.

Marx defendia que precisávamos lutar contra os métodos opressivos do sistema. Como eu, Marx era um apátrida, um exilado, um homem sem país. Previu que o capitalismo produziria tensões capazes de levar à destruição, assim como prevejo que este zoológico uma hora terá fim, já que a opressão será sentida e criará revolta.

Mas a realidade não reside nas ideias nem na consciência dos homens, e sim na ação concreta. É preciso vincular o pensamento à prática revolucionária. Unir teoria e prática. Pensamento e realidade.

Já que a história é fruto de uma produção humana, já que essa produção surge das ideias que brotaram nos homens, fazer história é racionalmente modificável. Descobri que a minha luta seria capaz de alterar os rumos da humanidade, de levar o homem a refletir sobre os abusos contra os animais.

Estava dividido entre estes dois ideais: o da luta por vingança e o da luta por transformação.

Uma ação revolucionária definiria qual verdade prevaleceria.

Foi quando desenvolvi a minha ação revolucionária.

Soube pelos jornais que uma onça tinha sido encontrada sobre uma árvore perto dali por bombeiros. Uma onça? Não era do nosso parque. Era um ser selvagem, acuado, assustado, oprimido.

Soube então que um grande rio próximo, o Piracicaba, que cruza e une reservas ainda da Mata Atlântica, é território livre de alguns exemplares, poucos, que por vezes entram por seus afluentes, são atropelados ou mortos, e que uma linha verde une parques e matas nativas, do leste ao oeste, atravessa fronteiras, estados.

Foi encontrada numa árvore de quinze metros do bairro Jardim de São Vito, a seis quilômetros do rio Piracicaba. Seu resgate durou cinco horas. Uma fêmea de uns três anos, quarenta quilos. Foi sedada e encaminhada ao instituto de uma cidade próxima. Talvez aquele em que me criei. Uma onça toda marrom. Linda. Grande. Alimentada. Uma fêmea. Agora, uma prisioneira.

Um mês depois, uma onça-parda foi apreendida pela Polícia Ambiental depois de invadir um galinheiro e matar quarenta e uma galinhas em Duartina, cidade perto daqui. Escalou o teto do galinheiro, mas a cobertura de plástico não resistiu a seus vinte e cinco quilos. A onça, uma fêmea ainda jovem, atacou as galinhas porque está em fase de desenvolver as técnicas de caça de suas presas. Foi levada para exames num zoológico.

A luta. A guerra é sem trégua.

Meses depois, uma outra onça-parda foi encontrada dentro de uma loja de máquinas e ferramentas no centro de Atibaia. Era um filhote macho. O estabelecimento estava fechado. Ninguém ficou ferido.

Disse o subtenente aos jornais: "Mais ou menos às sete horas da manhã o segurança da loja acionou os bombeiros, e depois chamamos a Polícia Ambiental para auxílio. A onça estava acuada e provavelmente buscava abrigo por causa do grande número de queimadas na Pedra Grande, que fica aqui perto. Depois da recuperação, o animal será levado de volta para a mata e quem sabe vai reencontrar sua mãe". Reencontrar sua mãe? Onça não tem celular.

Percebi nessas visitas à cidade o quanto eu não era humano, não me identificava com aquele estilo de vida, não gostaria de ser um. Pensei em fugir até o rio. Mas seria uma estupidez. Se tigres eram a minha ameaça na Indonésia, por que as onças me pouparam?

Eu não poderia, então, fugir sozinho. Tinha que ir com toda a macacada presa e escravizada. Eu deveria instigar uma rebelião.
Minha marcha!
Como?

De manhã, algumas pessoas fazem uma espécie de ritual ginástico no parque, correm com o olhar desesperador. Não fogem de nenhum predador, apenas correm para adiar o máximo possível a morte iminente. Ou para treinar a caça ou a fuga de um possível predador.

Não se encontra o predador daqueles homens e mulheres. Não se veem leões, tigres, ursos correndo pelas ruas, atrás deles. Talvez a morte o seja. O maior predador do homem é o próprio homem. A injustiça. A desigualdade. O estilo de vida tedioso e sedentário. As máquinas assassinas que os transportam. A violência entre outros membros de clãs, a disputa por bens ou a invasão de território, com facas ou armas das quais saem balas velozes.

Observando das árvores e, por vezes, caminhando sobre a fiação imitando miquinhos e pombos urbanos, acostumados com aquela rotina urbana, de se alimentar do lixo com nutrientes dos macacos nus, cruzei com ratos, pombas, calangos, toda espécie de pássaros, com predominância de sabiás e maritacas, muitos tucanos, gambás. Gatos circulavam livremente pela fiação, a metros do chão. Outros tantos pelo solo, com cães. E capivaras nos riachos.

Tinha uma fauna diversa e agitada na vida noturna daquela cidade de porte médio. Uma fauna que vivia em simbiose com a humanidade, que competia por território, comida e sobrevivência, como numa selva, temendo gaviões que dominavam os céus.

Em alguns quintais, jabutis, papagaios, araras, peixes confinados, galinhas, patos, gansos, perus. Não fariam parte do meu exército.

Aos poucos, todos se acostumaram com meus passeios. Os cachorros pararam de latir. Saguis grudavam nas minhas costas, para uma carona. Pombas me davam licença. Eu sabia que não poderia, jamais, ser flagrado por um humano. Como a onça acuada e agora prisioneira, meu porte era grande demais, meteria medo, medo que a fauna urbana não causa.

Minha rotina precisava de uma epifania.

Muitas noites eu visitava Kin. Nos apalpávamos através da grade. Eu a esperava dormir.

Saía pela cidade pelas árvores. Me arriscava pela fiação apenas depois que todos fossem dormir. Observava famílias dormindo em jaulas. Observava diminuir o vaivém de veículos. Observava motocicletas entregando comida. O comércio fechando. Os bares se enchendo. Os bares se esvaziando. Os pontos de ônibus com pessoas esperando. Ônibus chegando e partindo. Ônibus levando pessoas para bairros distantes. Cartazes em pontos de ônibus, por vezes consultados por macacos nus. Cartazes detalhados, com nomes e formas geométricas.

O que eram aqueles cartazes? Por que alguns consultavam passando os dedos?

Na virada da noite, com as ruas vazias, ousei descer de uma árvore, ficar sobre o teto de um ponto de ônibus, quando já não passavam mais ônibus, e olhar o cartaz. Olhei para ele por um tempo grande. Conseguia ler. Nomes de pessoas. Rua xis, rua fulano, avenida local, avenida doutor alguém, viaduto, rio!

Rio Piracicaba!

Um mapa, era um mapa! Rio Piracicaba, bairro Jardim de São Vito, a seis quilômetros do rio Piracicaba. Onça. Seu resgate durou cinco horas. Uma fêmea de uns três anos, quarenta quilos.

Me aproximei. Levei o dedo ao mapa, como muitos fazem, agora entendi, à procura de uma localidade. Achei uma figura geométrica verde. Vi Jardim Botânico. Vi Veterinária, Zoo. Vi a avenida Brasil, a qual eu percorria sobre as árvores, por onde corre o riacho que cruza nosso parque. Vi que esse riacho era margeado pela avenida Brasil até chegar a uma avenida Bandeirantes, desaguando num riacho maior, quase um rio. Vi que este rio virava o ribeirão Quilombo, dava em outro parque e era afluente de outro rio, o Piracicaba, o maior rio da região, que ligava reservas e florestas preservadas à Mata Atlântica.

Minha epifania.

Fiquei tão excitado com a descoberta que voltei ao zoológico pelo asfalto mesmo, refazendo o caminho do afluente.

Fui direto para a biblioteca.

Fui ao mapa escrito Brasil. Agora o entendo. Piracicaba. Duartina. Atibaia. Para a esquerda, meus dedos percorreram o rio Piracicaba, cruzaram por um ponto preto escrito Piracicaba, e se juntaram a uma mancha azul onde se lia rio Tietê, linha que percorre até N. Mas à S, uma vasta mancha verde saía da junção destes dois grandes rios, passava entre dois pontos pretos, Botucatu e Piramboia, cruzava as linhas amarelas SP-191, SP-147, SP-300 e SP-374. Chegaria a uma vasta mancha verde em Paranapanema, que se juntava a uma gigantesca mancha verde, denominada Parque Estadual Intervales, ligado ao PETAR, ligado ao Parque Estadual da Caverna do Diabo. Continuando a S, cruzaria com a linha amarela BR-116, ligada ao Parque Estadual Lagamar de Cananeia, ligado ao Parque Estadual da Ilha do Cardoso e ao Parque Nacional do Superagui, ligado à Reserva Biológica Bom Jesus, entorno de uma mancha azul chamada baía de Paranaguá, mancha de um verde mais escuro que, deduzi, se tratava da Mata Atlântica, que se estendia de L a O, limitada por uma gigantesca mancha azul chamada Oceano.

Decorei tudo aquilo. Essa imensa mancha verde tomava a metade do mapa, passava por lugares chamados Paraná, Santa Catarina, Rio Grande do Sul. Uma terra em que a vida seria possível. A vida em liberdade.

Era ela, a Mata Atlântica. Toda ela.

Corri até a jaula de Kin. Acordei-a. Tentei inutilmente me comunicar com ela. Explicava sem explicar, contava, sem expressar palavras, minha descoberta, minha ideia. Meu plano! Abracei enfiando os braços pelas grades. Beijava com uma alegria que nunca tive. Agarrei-a com a força de um orangotango adulto macho selvagem. Pulamos juntos, como torcedores comemoram eventos esportivos. Pulsamos no mesmo ritmo, grudados. Como uma cobra se enrolando num tronco. Ela gritava, eu gritava. Até vir o êxtase.

Além de alegria, nasceu amor entre nós, um amor maior que tudo. Um amor proibido. Um amor secreto. Porque toda manhã eu tinha que voltar para a minha ilhota, exercer meu papel de orangotango sem nome ou apelido, espécie ameaçada de extinção, por clãs de macacos nus e seus filhotes ameaçados de se extinguirem também.

Todo meu plano foi traçado naquela noite.

Tudo ficou muito claro.

Tudo passou a fazer sentido.

Minha vida passou a fazer sentido.

Se rebelar faz bem.

Sem a revolução, o homem não é nada. O animal dócil e escravizado deu espaço ao animal político.

Eu precisava de paciência e tempo para executar o plano.

Precisava de um aliado.

Mas ao me aproximar, por sobre árvores, da ilhota de Fidel, testemunhei a maldade humana de forma estarrecedora.

Apesar de eu conhecer a crueldade da espécie que dizimou etnias, povos e vizinhos da mesma espécie e de outras, com bombas incendiárias e atômicas, vi funcionários do zoo com armas amarelas nas mãos, armas que emitiam uma espécie de faísca, torturando o gorila, rindo e o expondo ao ridículo.

Aquele que não deixava ninguém se aproximar, que urrava por nós todas as noites, batia no peito ameaçando tratadores. Aquele que não abriu mão da sua plena selvageria estava vencido por uma triangulação de novas armas de choque, que derrubavam, levavam a convulsões. Bastava um choque para domar a fera. Mas a novidade levou os funcionários, por anos humilhados pela criatura gigante, que metia medo, a aplicarem duas, três, quatro doses de choque que iam pelo ar e atingiam em cheio o monstro que nenhuma resistência esboçava, que nem forças para protestar tinha, que nem voz para denunciar emitia, que se estrebuchava no chão como o rabo de uma lagartixa cortado, em espasmos involuntários que tremiam o solo, levantavam terra.

A dor daquele animal me atingiu em cheio. O sofrimento de quem combateu o sofrimento era a prova de que justiça se fazia urgente. Senti empatia.

Um dos funcionários viu galhos se balançarem, sentiu a minha presença e apontou na minha direção. Tem alguém ali!

Me escondi nas folhagens.

E, antes que tomassem uma atitude, voei para outros galhos. Olhem, o que é aquilo?! Como um homem morcego, e ciente da minha desvantagem, já que eram três armados contra um símio, e ciente de que meu projeto era mais amplo e que eu não podia ser descoberto, pulei para outra árvore e fugi.

Corri para a margem do lago.

Remei minha balsa de garrafas pet.

Cheguei a salvo na minha ilhota. Escondi a balsa do lado oposto, sob arbustos, e fui dormir atrás de uma pilha de pneus. Quer dizer, não dormi. Tentei, mas ver meu herói humilhado se estrebuchando no chão foi horrível.

Amanheceu.

O sol apareceu.

Acordei cercado por macacos sentados ao meu redor, me observando. Não eram meus macacos. Estranhavam a minha presença, como os estranhei. Foi então que me dei conta.

Na pressa, tinha remado para a ilhota errada. Estava na ilhota do meio, entre a minha e outra. Conheciam-me à distância. Mas uma coisa é estarmos separados pela água, a salvo. Outra é dividir o mesmo território.

Só que era de dia. Já tinha visitantes correndo, se exercitando, sentados observando seus celulares, com os filhotes brincando no parquinho e perguntando daquele avião de guerra. Eles não poderiam ver um orangotango ruivo atravessar aquele lago sobre uma balsa de garrafas pet amarradas, remando até a próxima ilhota.

Tive que passar o dia me escondendo tanto dos homens nus como dos macacos curiosos com a minha presença, procurando respeitar o espaço de cada um, sempre de cabeça baixa, desconhecendo a hierarquia social daquele clã. Especialmente de um velho conhecido no continente, parado por horas ali, o garoto de dentes de ferro, espantado, que quis a minha morte, que costumava nos visitar, me visitar, me odiar, e ficava horas parado em pé diante da minha ilhota, garoto que crescia, nem era mais garoto, tinha se tornado um predador adulto em potencial, e não deixava de me odiar, desde o dia em que roubei seu boné do Batman.

Só ele.

O mais curioso é que nenhum outro visitante ou tratador notou a ausência do orangotango na ilhota da esquerda, e a presença de um cobertor vermelho velho, um trapo, que não se mexia, na ilhota do meio.

A minha insignificância é muito mais relevante do que a minha existência. E o fato de a minha insignificância naquele circo de tortura, campo de concentração didático, ser relevante, revelou que a relevância da minha luta se tornava urgente.

Um burburinho me chamou a atenção. Um incomum corre-corre de funcionários, junto com homens de avental, veterinários, fez com que as atenções se voltassem para a quarta e isolada ilhota daquele lago.

Visitantes foram retirados do parque.

Vi uma grande maca chegar vazia e ser arrastada com as rodas barulhentas para a quarta ilhota. Não voltou mais. Fomos todos contaminados por uma grande apreensão, dos macacos às pombas.

Só mais tarde a maca voltou, com um corpo enorme e negro sobre ela, o braço caído, o rosto virado, não se mexia, não urrava, não respirava. Fidel não resistiu à tortura. Fidel foi assassinado! O silêncio predominou. Vimos o corpo morto ser retirado. Lamentamos por troca de olhares a morte do mais digno de todos os animais do zoo. Uma morte anunciada, como a de todo revolucionário. O nosso morto. O nosso mártir.

À noite, fui me certificar. A ilhota do gorila, abandonada, coberta por mato, me fez sentir falta daquele que considerei o grande resistente ao domínio que exercem sobre nós. Já fazia horas que tinha morrido, sua perda era uma perda para todos nós do zoológico, que não tínhamos mais alguém que urrasse por nós, que lutasse por nossa dignidade e que não se submetesse ao exílio forçado, diferentemente de pavões dóceis interessados apenas nos alimentos e polvilhos oferecidos pelos visitantes, massa de manobra daquele cenário de degradação humana e zoológica.

Aqueles que passarão pela ilhota do gorila desconhecerão que morou ali nosso grande ídolo, grande revolucionário, grande líder, que morreu combatendo. O canto do seu lago é o mais imundo, tubos de concreto fazem parte do que já foi a sua morada — pobre gorila.

Não voltei para a minha ilhota na manhã seguinte.

Continuei sobre as copas das árvores.

Desci apenas para pegar um jornal jogado na lixeira. Jornal do dia, que trazia a notícia da morte do gorila.

Morte súbita, dizia.

Não sabiam do assassinato. Não saberiam. Não haveria julgamento. E eu poderia me vingar, já que eu sabia e contava com o elemento surpresa, quem matou, como e quando. Toda revolução é sangrenta.

Li num jornal velho. Em dois anos, três animais morreram num zoológico de Sergipe: um urso, uma leoa e a onça-pintada. O que fazia um urso num dos locais mais quentes do Brasil?

O zoológico do Parque da Cidade é o retrato do abandono e do descaso do poder público do Estado, reclamava o colunista. Nele, alheios à empatia humana, animais são vítimas da inércia da sociedade e resistem a condições de maus-tratos, tortura e sofrimento. Frequentemente, animais são vistos feridos, inquietos, sozinhos ou esmorecidos, e foi rara a época em que o estabelecimento não tivesse semelhantes antecedentes. Ainda que o zoológico possua um cardápio de dieta segundo os hábitos alimentares das espécies, há raros indícios de que esteja sendo efetivado. Há dois anos, o leão do zoológico chamou a atenção da sociedade e da imprensa sergipana pelo aspecto magro e pela expressão abatida. A administração garantiu que o animal estava nutrido, mas admitiu que, no verão, a quantidade de alimento era reduzida. Reduzida?

Li num outro jornal, com a foto de uma orangotango acorrentada: *Orangotango resgatada como escrava sexual*. A notícia que me atordoou para sempre.

Escrava sexual, uma orangotango fêmea foi salva pela Associação Protetora dos Orangotangos, na vila de Borneo Apes na Indonésia. Pony foi encontrada com o pelo raspado e cheia de picadas de mosquito, numa casa de saliência. Maltratada, estava presa por uma corrente de aço a uma parede e deitada num colchão todo manchado.

Segundo o *Jornal de Notícias*, Pony era a preferida dos homens que frequentavam o local, em busca de sexo.

Há um ano, a associação tentava resgatar a fêmea. Considerada a "galinha dos ovos de ouro", ela tinha segurança forte. Sempre que alguém tentava salvá-la, sofria ameaças com armas.

Chorei. Chorei por toda a maldade humana.

É assim que vocês são?
Mas a minha revolução não será contra este ou aquele funcionário do zoológico, nem serão eles os alvos da transformação. Minha revolução é contra um todo. Contra todos. E contra as correntes, as grades, a falta de liberdade, contra o aprisionamento, o domínio de todas as espécies por apenas uma, que se diz superior, mais inteligente. Mais assassina, sem dúvida. Mais cruel. Mais sádica, mais injusta, mais predatória: a dos macacos nus. Vocês!

Voltei no começo da noite não para a minha ilha, mas para a terceira. Que juntava saguis, micos e alguns aranhas. Entrei olhando firme para todo o clã, não fiz gestos bruscos, mas me coloquei numa postura de líder, inflei o peito, joguei os ombros para trás e fui ao trabalho.
Desamarrei duas longas fitas e cordas, usadas para as brincadeiras dos macacos. Voltei para a balsa, segurando-as pelas pontas, e remei até a ilhota do meio, amarrei-as num tronco, criando uma ponte entre as duas. Peguei fitas e cordas desta ilhota do meio, voltei para a balsa segurando-as pelas pontas e remei até a minha ilhota, amarrando-as numa estrutura de pneus.
As três ilhas estavam conectadas agora. Pontes improvisadas as faziam ser uma só. Então, peguei cordas e fitas da minha ilhota, segurei e remei até a margem do lago, no parque, no continente, amarrando-as no pedestal em que estava o avião de combate.
E esperei.
Esperei.
Aos poucos, macacos de uma ilha, sempre curiosos, testaram as cordas. Tinham habilidades de sobra para se moverem livremente de uma ilha para a outra.
Mas tudo deu errado.
Macacos de uma ilha foram para a outra, e o pau comeu. Apenas um miquinho e um aranha velho entenderam a minha proposta. Foram os únicos que chegaram até a terra firme.

Numa algazarra, bandos de macacos logo se formaram nas ilhotas, para defenderem ou invadirem a ilha conexa. Não pretendiam fugir, mas lutar por seu território. Fêmeas atacaram machos, que atacaram filhotes. Adolescentes correram atrás de adolescentes. A algazarra foi tamanha que todo zoo acordou e começou a latir, urrar, piar, uivar, berrar, gritar.

Era meio da madrugada, e nada de virem até mim.

Cheguei a ensaiar uma fuga. O idoso macaco-aranha me seguiu até o riacho. O miquinho se grudou nas minhas costas, pegando carona. Cheguei a imaginar resgatar Kin, atravessar a cerca com eles, entrar pela tubulação, sair até a margem do riacho da avenida Brasil e seguir em frente, entrar no ribeirão Quilombo, seguir até o Piracicaba, descer a S pela Mata Atlântica até os parques interligados.

Mas eu, um mico ou sagui e um aranha velho seríamos presa fácil da primeira suçuarana pela frente ou de qualquer predador com fome, acostumado à vida selvagem, à caça, ou qualquer macaco nu filho da puta.

Amanhecia, e a algazarra não diminuíra.

Voltei. Recuar um passo para avançar dois. Recuei. Voltei às cordas, desamarrei. Trouxe na balsa o mico, que não se desgrudava. O macaco velho ficou para trás. Não o vi mais. Conseguiu por conta própria chegar às matas?

Refiz todo o processo, por entre brigas e gritaria da macacada. Desfiz nós, recoloquei as cordas e fitas em suas ilhas originais, sem me importar com a mistura de clãs, com macacos de uma espécie estarem agora brigando em outra ilha.

Ninguém mais prestava atenção em nós. O celular roubava toda a atenção. Ninguém notaria que embaralhei as espécies e famílias e não as recoloquei na ordem. Visitantes corriam para seu bem-estar. Olhavam seus celulares, para seus devaneios pessoais. Estavam presos em seus mundos, não em macaquices. Éramos cenário de um parque que servia a eles. À felicidade deles. À soberania do macaco nu, inerte ao nosso mundinho selvagem, mergulhado no seu mundinho virtual.

Tirando o predador de dentes de ferro. Em pé. Certamente estranhou que eu estivesse em outra ilha, apesar de eu me mover com cuidado. Estava curioso. Calculava como eu tinha conseguido. Deve ter pesquisado: macacos não leem e não nadam.
Eu o intrigava.
Eu o fascinava.
Ele começava a me causar arrepios.
Cordas e fitas estavam em seus lugares.
Minha balsa, novamente escondida sob arbustos.
Eu ficara dessa vez na terceira ilhota, a dos micos, misturado com aranhas e saguis.
Amanheceu, cessou a algazarra e todos foram dormir. Uma trégua. Todos temiam a luz do dia. No fundo, o medo era nosso maior algoz. Medo dos tratadores, dos funcionários, dos visitantes, da vida. Estavam todos acomodados, mantendo uma sobrevivência alimentada pela subserviência, pelo regime imposto de prisão. E sabíamos do nosso papel: entreter em troca de comida.

Como um darwinista, não deixarei de anotar o comportamento intrigante entre símios. Mesmo dada a total liberdade, uma amplidão espacial nunca antes conquistada, preferem a lutinha provinciana, a birrinha entre grupos, a resolução das diferenças, a vingança reprimida. Abri as portas da exploração. Ficaram brigando entre si. Me pergunto se com o símio dos símios, vocês, a humanidade, não ocorre o mesmo. Mesmo diante da exploração espacial, da viagem ao desconhecido, ficam presos em guerrinhas domésticas e conflitos fúteis. Anotada a observação.

Tentei novamente assim que anoiteceu. Era desgastante, mas eu estava em forma, era um saudável orangotango adulto. Pacífico demais para o papel de macho alfa. Seria apenas um bom conselheiro, se vivesse num clã em Sumatra ou Bornéu. Um sábio, observador e inteligente conselheiro.

Retomei os laços e cordas, unindo as ilhas.

Remando já com destreza a balsa de garrafas pet, carregando cordas, concluí cedo ainda toda a operação, ligando-as ao continente. Apenas saguis me seguiram e sumiram pelas árvores do zoo, espalharam-se, onde já moravam saguis nativos.

Os aranhas continuavam com suas disputas territoriais irritantes, brigando entre si, cruzando de uma ilha para a outra, roubando frutas, jogando merda, uma guerra de merda, percorrendo as fitas em velocidade, gritando como uma tropa em ataque.

Comecei a calcular que, se já estava difícil alinhá-los num pelotão para atravessar aquela ponte improvisada, conseguiria partir com eles para a conquista das matas brasileiras, cruzando rios, estradas, cidades e vilas?

Amanhecia.

Minha marcha não se formava.

Eu precisava voltar.

Duas noites sem dormir me derrubaram.

Dormi pesado, servindo de colchão a alguns saguis, que se grudaram em mim.

Até ser acordado com uma rede jogada sobre o corpo. A ilha estava tomada: tratadores, veterinários, funcionários. Vários barcos atracados, lembravam a invasão do Dia D. O vilão era eu. Miravam seus dardos na minha direção. Esperneei instintivamente, urrei, lutei pela minha liberdade e fui alvejado por vários tiros.

Revistaram a ilhota.

Encontraram a minha balsa.

Encontraram o esconderijo de livros e recortes de jornais.

Fui dopado.

Carregado. Fotografado. Examinado. Medido. Pesado. E levado de volta a uma ilhota. Não à minha. Mas à clausura do antigo gorila, Fidel. Uma solitária lúgubre. Com uma casa de concreto sem tinta. Tubos de cano de esgoto. Aranhões pela parede.

O fedor de merda envelhecida.

Mais insetos do que em qualquer outro espaço daquele zoo. Cercado por árvores recém-podadas. A ilhota no canto do lago, em que viveu o mais descontente dos animais, recebia agora outro prisioneiro de outro continente para exibição. Uma atração sórdida do zoológico desumano e assassino.

Seria mantido lá pelo resto da vida. Sairia apenas morto, numa maca.

Não fosse a visita inesperada de um ser com uma inteligência que me surpreendeu: o macaco velho, que fugiu na minha primeira tentativa de grande escapada, o Aranha do Novo Mundo.

Continuava livre, solto, com alguns micos. Talvez nunca tenha saído do parque, camuflado nas árvores. Estava onde já estive, numa árvore em frente, observando, como observei o gorila revoltado, como testemunhei seu assassinato. Me jogou alguns caroços. Me jogou um abacate. Comi a fruta deliciosa. Notei que os caroços que tinha jogado eram de abacate. Entendi sua intenção. Plantar uma árvore. Plantar um gigantesco e denso abacateiro. Plantar, cuidar, adubar, regar, até pacientemente esperá-lo crescer. Plantar na margem da minha nova ilhota. Uma, não, todas as sementes. Alguma vingará. Uma esperança nasce. Tem em média quinze metros. De crescimento rápido. Pode chegar a trinta metros. Gosta de climas tropicais, terra úmida. Prefere a sombra de outras árvores. Quem, senão eu, notaria aquelas sementes germinando, crescendo, subindo aos poucos, milímetro por milímetro. E, na primeira chance, poderia do alto dele me jogar para as árvores do parque e fugir.

Diferentemente de Fidel, passei a ser um dócil macaquinho de exibição.

Maquiavélico, usei todos os meios para chegar ao meu fim, à minha liberdade.

Poucos visitantes paravam na minha área escura. A não ser, claro, o homem, ex-garoto, de dentes de ferro. Feliz por eu ter sido flagrado e aprisionado.

Mas a aura de gorila amedrontador ainda se fazia presente no canto daquele lago. Canto amaldiçoado. Nem os tratadores se aproximavam. Me jogavam comida. A dieta de sempre. Então uma alegria imensa: vi que duas sementes germinaram. Pequeninos caules com folhas começaram a subir. Meus abacateiros. Minha chave da prisão.

Preciso me lembrar. Preciso pensar. O tempo precisa passar. Deus? A religião me causou um desencanto quando li sobre guerras monumentais motivadas por elas, como as Cruzadas.

Preciso me lembrar de cada frase que li, para não enlouquecer.

Que coragem de Darwin... Desafiou milênios de crenças sobre teorias transcendentais. Fez comparações: ciência. Escreveu que o homem é como qualquer outra espécie, descende de outra forma preexistente (e não do casal Adão e Eva). Que o homem difere dos macacos superiores menos do que os macacos diferem dos membros inferiores da mesma ordem de primatas.

Como chegou a tais conclusões?

A maior parte da pesquisa de Darwin foi feita em zoológicos do mundo todo. Suas fontes: funcionários dos zoos, que descreviam também o funcionamento social das espécies.

Ao confrontar as faculdades mentais, estranhou que nós, orangotangos, fôssemos capazes de construir plataformas para dormir como as dos chimpanzés, apesar de sermos de continentes longínquos. Então concluiu que não aprendemos um com o outro, mas nossos cérebros criaram raciocínios análogos, já que temos a mesma exigência: a segurança.

Medo de serpentes todos nós temos, e é "instintivo".

E vêm mais semelhanças: emoção, curiosidade, imitação, atenção, memória, imaginação, razão, melhoramentos progressivos, uso de instrumentos, linguagem, senso do belo. E as diferenças: motivos espirituais, superstições, senso moral, sociabilidade, julgamento sobre conduta, ética. "De todas as diferenças do homem para os animais inferiores, o senso moral, ou consciência, é inigualavelmente a mais importante; se resume naquela breve porém potente palavra: DEVER, tão cheia de significado."

Darwin elogia atributos como arriscar a vida pelo seu semelhante ou em prol de justiça. E cita Kant: "Dever! Qual é a tua origem, ó pensamento maravilhoso, que não fazes agir nem com uma benévola insinuação, mas somente para a manutenção da tua pura lei da alma".

Entendo então a curiosidade que despertamos.

Comparações.

O tempo demorava a passar.

Uma árvore demora a nascer.

Tanto a ser feito e eu aqui, à espera, à espera, à espera, a esperar...

Isolado, só com a visita noturna de um macaco velho, sem macacos nus para me distrair, sem saguis, micos, aranhas, Kin, minha amada, sem as escapulidas, sem os urros de Fidel, sem visitar os grandes felinos, o tempo demorava a passar.

O homem se diferencia de todos do reino animal por ter inventado a cultura. Lembre, lembre: *Da natureza humana*. O homem, este ser que vive em grupo com caçadores e coletores coletivos, nem se considera mais um animal, por ter a cultura como prova do afastamento de uma vida à base de instintos: sobreviver e proliferar.

Os genes humanos cederam a primazia na evolução dos homens a um agente completamente novo, inédito, não biológico, a cultura. Mas não se deve esquecer que este agente novo e original é completamente dependente dos genes humanos para existir.

Música, poesia, pintura, dança, esporte, folclore, festas familiares, ética, jogos, religião, filosofia, narrativas. E muito mais. A lista não para. Culinária, confecção, decoração, previsão do futuro, contrato social, casamento, calendário, compreensão dos astros, divisão do ano em estações, controlar o tempo, ter noção do antes e do depois, da vida e da morte, altruísmo, penduricalhos pessoais, penteados, tatuagens, colares, cocares, fabricação de armas, utensílios para caça, cozinha, higiene pessoal, embelezamento próprio, perfumes, governos, nomes, classificação das coisas, das cores, números, regras de convívio condominial, obstetrícia, cuidados pré-natal, enterro, presentes, rituais de canibalismo, leis, sanções penais, exílio ou banimento, superstições, tecelagem, moagem, cooperativas, visitas, planejamentos de viagens, correspondências, sinais, documentos.

E animais de estimação.

Vamos, reflita, o que fazer?

Só vocês têm tudo isso.

Só vocês.

Chimpanzés são considerados macacos do Velho Mundo, intelectualmente mais desenvolvidos do que estes saguizinhos e micos fajutos que infestam as matas brasileiras. Chimpanzés têm muitas expressões faciais para se comunicarem. Conseguem expressar medo. Sorriem, gargalham. Então não há discórdia. Eles, como vocês, descendem do mesmo antepassado primata do Velho Mundo.

Chimpanzés, com a laringe igual à minha e de outros símios e com o cérebro um terço menor do que o de vocês, são retardados. Não conseguimos falar. Mas podem, como eu, ser ensinados a se comunicar com tratadores por linguagens de sinais ou símbolos. Tem alguns que conseguem aprender até duzentas palavras e regras básicas de sintaxe. Conseguem falar através de sinais:

Eu quero maçã.

Você me dá maçã.

Podem se dirigir a treinadores com ressentimento:

Você cheira cocô.
Uma fêmea chamada Sarah memorizou duas mil e quinhentas sentenças. Criaram para ela sentidos figurados. Melancia era "fruto de beber". Pato, "pássaro de água". E davam comandos complexos como "coloque banana no balde, maçã no prato". Mas acaba por aí. Este abismo linguístico entre homens e animais é intransponível.

Por que macacos nus falam, e com pelos, não? O cérebro menor e restrições neurais impedem símios de falarem. Em outras palavras, não somos inteligentes o suficiente, não temos controle neural sobre os músculos do trato vocal para falar.

Um psicólogo permitiu que chimpanzés se olhassem em espelhos por dias. Primeiro, não reconheciam a imagem refletida como a deles. Depois, passaram a examinar partes do corpo e a explorar aquelas que a visão não alcançava. Foram para caretas e coisas práticas, como retirar comida dos dentes. Quando pintaram a cara dos chimpanzés, eles passaram mais tempo no espelho se examinando, cheirando dedos, tentando tirar a tinta. Era a consciência da imagem de si próprio, tão rara entre animais.

Meses.
Nem mesmo minhas falsas macaquices atraíam visitantes. Eu era um palhaço sem respeitável público, um ator sem plateia, uma aberração. Humanidade ingrata!

Minhas árvores já alcançavam minha cintura. Minhas crianças. Tratava delas com a maior dedicação. Cresciam, cresciam... Mas não só elas cresciam.

Num dia, a rotina foi quebrada, diversos visitantes chegaram com câmeras, máquinas fotográficas, me fotografaram, luzes na minha cara, flashes de todos os ângulos, uma algazarra que me fez temer pela minha plantação.

Durou algumas horas, e todos se foram.
Todos, não.

Ficou uma pessoa, com duas crianças.

Sorria e acenava.

Fazia gestos: *quando te vejo, sinto borboletas voarem no estômago.*

Minha tratadora ruiva, com dois seres que julguei serem seus filhotes. Iguais. Gêmeos. Repetia os gestos: *quando te vejo, sinto borboletas voarem no estômago.* Minha resposta era um olhar vago, estranhando aquela criatura, aquela comunicação, aquele interesse. Maluca, macacos não entendem a sua linguagem, desencana de tentar se comunicar conosco, sai fora. Me mostrava a capa de um jornal.

A foto de um orangotango.

Quem?

Eu não conseguia enxergar. Amassou o jornal, até fazer uma bola de papel. Colou os pés na margem do lago e jogou. A bola caiu a meus pés. Ela fazia gestos, *olhe.* Abri. Vi de relance Kátia aplaudindo, dando pulinhos de alegria.

Na capa, uma enorme foto colorida de Kin com um filhote de orangotango no colo, um fofíssimo orangotangozinho com olhos esbugalhados, provavelmente assustado com o assédio.

"Raro nascimento em cativeiro", dizia a legenda.

Não podia ser.

Só podia ser.

Meu filho.

Um filho.

Conhece a famosa hipótese de Robin Fox: como seria se mandássemos bebês para um cenário isolado, uma ilha, um planeta, em que sobrevivessem sem contato com os adultos? Como seria a civilização criada por eles?

Aprenderiam a se comunicar uns com os outros? Teriam fala, escrita? Seus descendentes teriam inventado uma língua completamente diferente das existentes? Essa língua teria vários troncos? Seria possível que vocês entendessem essa ou essas línguas? Elas seguiriam os mesmos princípios de uma linguagem humana? Construiriam uma sociedade com leis de propriedade, regras sobre incesto e casamento, costumes sobre tabus e abstenção, métodos para desenvolver conflitos sem derramamento abusivo de sangue, crenças no transcendente e sobrenatural, práticas religiosas, mitos e lendas, narrativas, educação, sistema de status social, cerimônia para iniciação dos jovens, práticas de corte como enfeites para homens e mulheres, pinturas corporais, jogos, disputas, prêmios, indústria de fabricação de ferramentas, armas, adultério, suicídio, psicoses, neuroses, curandeiros, pré-coito, família, homossexualidade?

E animais de estimação, teriam?

Sempre tiveram, sempre terão, aprisionados, acorrentados, exibidos. Em prol da ciência, é a desculpa vigente. Macacos são infectados por vírus para se descobrirem vacinas. Se as vacinas não funcionam, macacos antes saudáveis continuam doentes.

Nos domar está nos genes. É inerente? É cultural? Este hábito indecente pode ser modificado? Os primeiros filósofos, como qualquer ser humano no início das indagações, queriam saber o que é a Terra, o Sol, a Lua, se são fenômenos físicos ou místicos, para que servem, por que estão lá ou aqui. Como crianças, os primeiros filósofos adoravam formas: quadrados, triângulos. Círculos. Percebiam a repetição de fenômenos. Dividiram o tempo. O ano, as estações. Meses e dias. Horas. A diferença de hoje para ontem, para anteontem, para o amanhã. Viraram astrônomos. Foram capazes até de prever um eclipse solar.

Preciso recapitular. Preciso reconsiderar. Recalcular. Filosofe! Tales de Mileto e Pitágoras eram matemáticos e se interessavam por geometria. Acreditavam que a atitude filosófica do homem era explicar as coisas. Que as coisas não eram simplesmente o que viam, mas que tinham um sentido. No começo tentaram também dominar o tempo, com um relógio de sol, outro de água. Dominar o tempo, entender os fenômenos naturais, o curso dos rios, os astros, a colheita, é saber medir, é saber controlar. É racionalizar. É começar uma civilização. Preciso começar uma civilização. Entender a matéria, o mundo, a criação e o movimento era a função dos primeiros pensadores. Para os primeiros filósofos, não bastava entender as diferenças e a multiplicidade das coisas, mas especialmente o momento que as construiu e transformou uma coisa em outra. Preciso transformar uma coisa em outra.

Sem ação, enlouqueço.

O isolamento está me enlouquecendo.

Vamos, relembre, o que fazer?

Estou me lembrando de tudo ao mesmo tempo.

Enquanto Tales dizia que as coisas estão cheias de deuses, para mostrar o quanto os filósofos se preocupavam em dissolver o mito e o pensamento religioso para construir um novo pensamento, Heráclito dizia que o Sol não é apenas novo a cada dia, mas sempre novo continuamente, que tudo é novo e novo a todo instante. Dizia: em rio não se pode entrar duas vezes no mesmo, nem substância mortal tocar duas vezes na mesma condição. Dizia: o fogo vive a morte da terra e o ar vive a morte do fogo; a água vive a morte do ar, e a terra a da água. Parmênides: o ser é, o não ser não é. Ou, literalmente, que é e que não é não ser, criando a possibilidade de as coisas existirem e não existirem. Vieram os gregos com suas preocupações com o acúmulo de pessoas num mesmo espaço: as cidades. Fundaram o Estado, entenderam a República, o serviço público, viram lógica no homem político, que habitava aglomerações: que tinha que decidir o papel de cada um, entender as classes que separam as funções.

Então vêm as perguntas:
        Do que somos feitos?
        O que é?
        De onde viemos?
        Para onde iremos?

Preciso de respostas.

Ando por toda a ilhota.

Dou voltas, voltas, voltas.

Vamos, filosofe! Utopia! Vocês descobriram logo que são criaturas mistas: possuem um corpo e uma alma, e é preciso explicar a relação entre ambos se quisermos conhecer o homem. Para os religiosos, a única explicação para essa ligação é a existência de Deus. Já para os materialistas... Kant diz que o homem tem direitos e deveres. A liberdade humana deu no materialismo dialético: não é a consciência dos homens que determina como ser, mas é seu ser social que determina sua consciência. Kant, Hegel e Marx: o homem se descobre impuro, passa a enxergar o inimigo interno, o agente provocador. Kant: a ideia do homem é uma ideia de um fim de si mesmo, uma finalidade sem fim e vulnerável à máquina do Estado dominante. A vontade moral se contrapõe ao papel social. O homem é dominado. Hegel: a metafísica não vê o sofrimento dos homens, a história é a degradação das coisas. Os filósofos gregos se apegavam aos negócios do Estado e apareciam aos olhos do povo como ociosos. Porque se retiravam para o mundo do pensamento. Marx admirava o sucesso de Roma, a Roma heroica, como uma sociedade em que são necessários o sacrifício, o terror, a guerra civil e as batalhas de povos, para torná-la uma sociedade justa.

Vamos, lembre, raciocine!

Kant vai direto ao assunto. Direitos versus deveres, ser solidário versus individualismo: conservar a própria vida é um dever e algo para o qual todos possuem uma inclinação instintiva; ser bom quando se pode é um dever; existem pessoas tão capacitadas para o altruísmo que, mesmo sem qualquer vaidade ou interesse, experimentam grande satisfação com o contentamento do outro; fazemos o bem não por uma inclinação, mas por um dever; garantir a própria felicidade é um dever, pois o fato de não estarmos contentes com nossa própria situação, de convivermos pressionados por necessidades não satisfeitas, poderia se tornar uma grande tentação para violar nossos deveres. Em Hegel, surgem divisões e diferenciações nas classes. Quando o povo se aproxima do acaso, vão se cavando abismos entre as tendências internas e as realidades externas. As formas antiquadas de religião já não satisfazem quando o espírito se manifesta, indiferente pela sua existência real, e sua vida moral vai se dissolvendo. Para Marx, os indivíduos são desprovidos da própria vida, tudo pertence ao capital. Ele tinha um fascínio extra pela violência, por Napoleão, pela revolução, pela ditadura do proletariado. Ou, como ele dizia: o massacre chamado progresso, que é a história universal.

Violência!
Precisamos de sangue!
Queremos o massacre!
Antes era o nada e o tempo. Antes mesmo de estarmos vivos, o tempo já vivia. E no fim dos tempos, só o tempo sobreviverá.

Passei as noites emitindo ruídos guturais, pios, beijando o ar. Consegui até urrar. Não em protesto, mas de tristeza por não estar com eles. Gritei para ser ouvido. Estou aqui. Estou aqui. Eu estou aqui!

Sairei daqui para abrir todas as trancas, liberar todos os enjaulados, deixar as feras soltas, libertar. Sou capaz disso. Deixarei a natureza agir. Quem é predador caça, quem é presa morrerá! Liberdade. Que sirva de exemplo a outros animais, a outros zoos em que outros símios saibam ler. Quebrem as correntes. Quebrem os cadeados.

Kin, meu filho. Amigos. Me esperem...
A árvore vingará. Estou pronto.

ESTA OBRA FOI COMPOSTA PELA ABREU'S SYSTEM EM ADOBE GARAMOND
E IMPRESSA EM OFSETE PELA LIS GRÁFICA SOBRE PAPEL PÓLEN BOLD DA
SUZANO PAPEL E CELULOSE PARA A EDITORA SCHWARCZ EM ABRIL DE 2018

A marca FSC® é a garantia de que a madeira utilizada na fabricação do papel deste livro provém de florestas que foram gerenciadas de maneira ambientalmente correta, socialmente justa e economicamente viável, além de outras fontes de origem controlada.